JN251512

わが魂の「罪と罰」読書ノート

Sakane
Takeshi
坂根　武

編集工房ノア

わが魂の「罪と罰」読書ノート

はじめに

「罪と罰」を読んだ人は誰でもその感動を覚えているはずである。この作品には、小説鑑賞に習熟した読書人をさえ、少年が人間の奥深い内面に目を向ける小説に初めて接した時に体験するような、魂の深部が揺り動かされる驚きに誘う何物かがある。

この何物かとは、作者自らこの作品を『犯罪心理の計算報告書』と呼んだように、主人公の青年の深層心理のメカニズムが、練達の外科医のメスの精確さで以て解剖されている心理分析の見事さであると思う人があるかもしれない。しかし作者のペンにはメスの冷たさは微塵もなく、読者は小説の冒頭からラスコーリニコフという青年の思想と感情の渦中に投げ込まれ、彼と緊密な一体感の中で考え、感じ、共に行動をしている自分を見出すのである。

私たち読者を一瞬にして捕えるこの力は一言で言い表しがたいけれども明瞭であって、何らの知的観念などの媒介なしにラスコーリニコフの存在そのものから直接放射している。彼は自己との果てしない問いかけに沈潜し、実人生に背を向けているように見えるが、この作品の主題である罪と罰の光を当てて彼の言動をしっかり見つめると、決してそうではない。彼は、青春を精一杯生きているのだ。

この作品は、一人の誇り高い独立不羈の青年の青春の冒険譚と呼ぶにふさわしいのである。虚心にこの作品に対する読者には、凶悪な犯罪の背後に、知性の冒険に青春を賭けた殉教的精神ともいうべきものが見えてくるであろう。

しかしラスコーリニコフの自己実現の試みは、自分が抱懐した思想を人々と共有することによって自己を客観化するべき社会的行動の方向へとは進まないで、それを潔癖なまでに拒絶し、己の思想の動機をあくまで個人の責任において純粋化するという内面化の方向に向かったのだ。この意味に於いて、「罪と罰」を動機小説と呼んでも差し支えないだろう。度々口にされるラスコーリニコフの思想の不徹底と曖昧さは、実は青春期に特有の、世の現状を批判し否定し、時には自己をさえ解体する彼の厳しい意識が、ある一定の整合的な論理内に安住するのを拒絶する事から生まれていると言ってよい。首尾一貫した一定の思想に身を任す安易な安定志向を、不誠実な虚偽として拒絶する意識の赤裸の動きこそが、彼の言動の混迷の本当の原因である。まさにこの為に小説全体が、青年の奇怪なほど紆余曲折した心理の迷路図の様相を呈する結果になった。この錯綜した迷路を正確に描く作者の天才には驚くしかないが、更に、交錯した細部が有機的に織り合わされて、作品全体が見事な小宇宙となって完成しているのを見ると、まさに神業を前にしている思いがする。

ある文学作品を十分理解するためには、そこから一歩外へ出て、その作品の創作契機となった作者の思想と時代背景を知る必要があるのは言うまでもない。しかし「罪と罰」という小宇宙は、その深い意味を理解するために、そこに見いだされる以外のものは何一つ必要がないと思わせるほどの完成度を示している。私は喜んでこの印象を受け入れて、このエッセイで、作品による作品の鑑賞に私なりに全力を尽くした。特に数々の難解な場面では足を止め、私心なく理解するよう努めてラスコーリニコフの真情に迫ったつもりである。このようなアプローチのために、引用文が多くなっている。引用文を味わいながら、楽しく読んでいただければ幸いである。

わが魂の「罪と罰」読書ノート　目次

はじめに　5
*
プロローグ　15
第一章　老婆の殺害
（1）発端　27
（2）酒場での偶然の出会い―決断へ　その1　33
（3）恐ろしい母の手紙―決断へ　その2　37
（4）二回目の老婆訪問のミステリー　42
（5）決断―偶然か悪魔のからくりか　47
（6）老婆殺害の真相　56
*
第二章　ラスコーリニコフの思想
（1）警察署での恐怖の体験　60

（2）何故老婆を殺してはいけないのか—否定の力としての人間精神　66
（3）ネヴァ河の橋の上で—青春の神秘　79
＊
第三章　検事ポルフィーリイとラスコーリニコフ
（1）検事の洞察　87
（2）恐怖の幻覚　95
＊
第四章　ソーニャへの最初の訪問　102
＊
第五章　ソーニャへの二回目の訪問　116
＊
エピローグ　135
あとがき　144
再版あとがき　146

装幀　森本良成

*

プロローグ

——己を生き身の神とした不遜の罪とその報の死神の罰

『どういうわけで』と彼は考えた。『いったいどういうわけでおれの思想は、開闢《かいびゃく》以来この世にうようよして、たがいにぶっつかりあっているほかの思想や理論にくらべて、より愚劣だったというのだ？　完全に独立不羈《どくりつふき》な、日常茶飯事の影響から離脱した、広範な見方で事態を観察しさえすれば、その時はもちろんおれの思想も、けっしてそれほど……奇怪でなくなってくるのだ。おお、五カペイカ銀貨ほどの値打ちしかない否定者や賢人たち、なぜ君らは中途半端なところで立ちどまるのだ！』

これは八年の刑が確定してシベリアへ流刑となったラスコーリニコフの、誇り高くも痛ましい独白であるが、読者はこの呪詛にも似た思いが全編を通して、彼の心の底に鳴っているのを聴くことが出来るであろう。これは当然の成り行きだった。ラスコーリニコフは、青春とは人生の最も危険な時期、青春とは神と悪魔、善と悪が争い、人間の批判精神と知性の反逆的な傾向が最も活発になる真っただ中にある時期だという事を、誰よりも一徹に自覚した青年だったからだ。彼はまさにその自覚を身を以って生きたのである。ラスコーリニコフの思想とは理論ではなかった。徹底して厳しい倫理意識だった。饒舌が身上なだけの暢気な「賢人たち」が、五コペイカ銀貨に見えたのも無理はなかったのだ。

私たちは、どのように老婆の殺害が行われたか見た。殺人の前には、何故殺してはいけないのかという執拗な問いが彼を追い詰め、その激しい内心の葛藤の中で、一時的な良心の麻痺のすきをついて殺人が起きた。このため、肝心の老婆殺害の良心の痛みは、心の遥か深層には生きていても、事件をふり返る彼の反省意識からは煙のように消失してしまうのである。かくて、彼が反省を始めるや否や、心に深く食い込んだ頭脳の弁証運動が開始されて、彼の反省意識はただこの運動を認めるだけだ。彼は思う、この正確な理性の論理のどこが間違っているのか、何故老婆を殺してはいけなかったのか、と。

しかし自然が彼を見張っている。ラスコーリニコフが認めざるを得なかったように、彼の犯罪が単純な強盗殺人であったならば、彼は幸せであっただろう。金銭欲はれっきとした社会感情であってみれば、たとえ人の血を流したにしろ、犯人は社会の一員としてその片隅に居場所を見つけることが出来るからだ。が、ラスコーリニコフは人の命を奪う思想を是とすることによって、生命の尊厳そのものを蹂躙したのである。確かにその際彼は、「しらみのように無価値な命」という条件を付けたつもりだったが、それは彼の身勝手に過ぎなかった。太古以来、人の魂に生きている自然の掟が彼に痛烈なしっぺ返しを食らわせたのだ。自然は彼に告げたであろう、万物の命の源は同じ一つの泉である、これを汚したお前には、泉は涸れ果てるだろう、と。皮肉なことに、人の命を奪う権利を己に許して生き神となった彼に、死神の恐怖が彼を訪れるのだ。

それはどのような恐怖だったか。

午前十時前、死刑囚棟の鉄扉がギーと開かれでもしようものなら、死刑囚棟は、各房の扉越しに心臓の音が聞こえてくる程、しーんと不気味に静まり返る。咳音ひとつなく、息をひそめた死刑囚たちの呼吸の音さえ聞こえてきそうだ。ある者は正座し、両手を合せて神仏に祈り、ある者は体を震わせ、心臓が破れる程に鼓動を高ならせ、必死に死の恐怖におののいている姿が痛い程わかる。鉄扉を開けたお迎え官や特警の靴音が自分の房の前を行き過ぎれば『助かった』とほっとして、全身から力が抜け、ぐったりとした次の瞬間、『今日一日は生きられる』と、満面狂喜の色が湧いてくる。だが特警の靴音が、とある監房の前で止まり、扉を開けようものなら、そこにはほとんどの場合、腰を抜かして立てなくなり瞳は空ろで涎さえ垂らしている死刑囚をみる。

これは、元死刑囚、合田士郎著『そして、死刑は執行された』の一節である。私がこれを引用したのはほかでもない、「罪と罰」の数場面を読む度に、何故かこの恐ろしい一節が頭をよぎったからだ。二つだけ例を挙げてみよう。一つは、ラスコーリニコフが副署長に自白する場面だ。

ラスコーリニコフは血の気の失せた唇をして、目をじっと据えたまま静かに彼の方へ近づいた。テーブルのそばまで行くと、それに片手を突っ張って、何か言おうとしたが言えなかった。ただ何かとりとめのない響きが聞こえるばかりだった。

更に、彼がソーニャに犯行を告白する場面でも同じことが起きている。

彼は死人のように青ざめた顔を女の方へふり向けた。その唇は何か言い出そうともがきながら、力なげに歪むのであった。恐怖の念がソーニャの胸をさっと流れた。

ここではラスコーリニコフの感じる氷のような恐怖が、そっくりソーニャに伝播しているのが見られるのだが、この二つの場面を、先に引用した一節とくらべると、描かれている死の恐怖が、ぴったりと重なり合うのが見られる。この異様な恐怖の正体は何なのか。それは彼自身にははっきりと理解できないあるものかもしれない。しかし読者はしっかりと見極めねばならない。彼が振り下ろしたオノは、老婆その人ではなく、人の命そのものを切り裂いたのだ。かくて、オノは返り討ちで自分自身の命をも同時に切り裂いたのだ。そうだ、ラスコーリニコフが度度見たのは、同じ己の死であった。彼はその都度、老婆殺害の本当の意味、すなわち自己死という恐ろしい結末に到った己の思想の暗黒の深淵を覗いていたのだ。たびたび彼を襲う死の恐怖は、ここから生じていたのである。

ラスコーリニコフは、人の命を選別する思想を信奉して、身の破滅を招くと知りながら恐ろしい犯行に直行したが、ラスコーリニコフの気性について、母親は言う。

ねえ、ドミートリ・プロコーフィチ、あなたはあの子がどんなにとっぴな、さあなんといったらいいでしょう、つまり気まぐれな人間だか、とても想像がおつきになりますまい。まだやっと十五の時でさえ、私あの子の気性にはちっとも安心できませんでしたよ。あの子は今でも、ほかの人が考えることもできないことを、不意にしでかすかもしれないと、私は思いこんでおります。（中略）あの子はどんな障害でも、平気で踏み越えていったに相違ありません。

彼女は、親だけが知っている息子の秘められた大胆な性格の一面に、母親らしい懸念を述べているのだろう。

彼は大胆にも人を殺した。しかし、着想した時には新たな自分が誕生したかのような感動に心が高揚した信念が、悪魔の誘惑であったとはどうしても信じられなかったのだ。

自首に出かける直前、罪を否定する兄に向かって、妹のドゥーニャは言う。

兄さん、兄さん、あなたは何をおっしゃるの！　だって兄さんは血を流したじゃありませんか！

彼は我を忘れて絶叫する。

すべての人が流している血かい！　世間で滝のように流されている血かい、今まで絶えまなく流されてきた血かい？　みんながシャンパンみたいに流している血かい？　おお、よく流したといって、下手人にジュピターの神殿で月桂冠を授け、あとになって人類の恩人よばわりするその血かい？　お前ももう少し目をすえて、しっかり見わけるがいい！　ぼくは人類の為に善を望んだのだ。

私たちは共感しながらも、叫ぶ、君が流した血は、すべての人が流している血ではない、すべての人が流す血は様々な人間的な野心や愛憎によって暖められているが、君が流した血は、無欲の冷たい手で凍っているのだ、と。実際、老婆の不気味な冷たい血を眺めるラスコーリニコフの陰惨な表情にくらべれば、戦場で何万人もの煮えたぎる血を流すナポレオンは天真爛漫な童顔のようだ。読者はずっとこの冷えた血を見つめてきた。利己心ではなく、「人類の為に善を望んで」流された血が何故冷たいのか。この血を見つめていると、私には、冒頭のラスコーリニコフの不気味な声がきこえてくる。

ふむ……そうだ……いっさいの事は人間の掌中にあるんだが、ただただ臆病のために万事鼻っ先を素通りさせてしまうんだ……これはもう確かに原理だ……ところで、いったい人間は何を最も恐れてるだろう？　新しい一歩、新しい自分自身のことば、これを何よりも恐れているんだ……

冒頭に立ってふり返ると、深い闇の彼方に、悲しげではあるが、およそ殺人者には似つかわしからぬ無垢なラスコーリニコフの顔が浮かんでくる。その顔は、私にこう語りかけてくるようだ、罪と罰とは、全てをなげうって真剣に人生に問いかけた人にだけ与えられる天からの贈物である、と。

*

第一章　老婆の殺害

（1）発端

七月の初め、方図もなく暑い時分の夕方近く、一人の青年が、借家人からまた借りしているS横町の小部屋から通りへ出て、なんとなく思いきり悪そうにのろのろと、K橋の方へ足を向けた。

心に屈託を宿しているらしい青年を、作者はこんな風に描きはじめるのだが、続けて唐突な独り言を聞かされた読者は、彼が何に悩んでいるのか分からぬままに、彼の不安な心の世界の住人になっているのに気づくのだ。そして、これは作者が入念周到に巧んだものだと私たちが知るのに、大して時間はかからない。青年の病んだ神経、そこから生まれる不可思議な心の動き、それらを理解するためには、まさしく彼に寄り添い、一体となって共感しなければ叶わないからである。

読者の心を巧みに取り込む青年の不気味な独り言。

『ふむ……そうだ……いっさいの事は人間の掌中にあるんだが、ただただ臆病のために万事鼻っ先を素通りさせてしまうんだ……これはもう確かに原理だ……ところで、いったい人間は何を最も恐れてるだろう？　新しい一歩、新しい自分自身のことば、これを何よりも恐れているんだ……（中略）それはそうと、なんだっておれは今ほっつき歩いてるんだろう、いったいあれが俺にできるのだろうか？　そもそも、あれがまじめな話だろうか？　なんの、まじめな話どころか、ただ空想のための空想で、自慰にすぎないのだ。玩具《おもちゃ》だ！　そう、玩具というのが本当らしいな！』

青年の懊悩の原因はすぐ明らかになる。金貸しの老婆の殺害妄想が取り憑いたのだ。なぜこんなことが起こったのか。

人がある特殊な精神状態にある時には、ごく些細な偶然事が人生の転機のきっかけになることがある。ラスコーリニコフが老婆殺害という醜悪な形で思想犯罪に手を染めたことについては、ある決定的な偶然があった。初めて老婆に質を預けて金を受け取った帰り途、彼はふとある安料理屋に立ち寄った。

彼は茶を命じて、そこに腰をおろすと、すっかり考え込んでしまった。と、奇怪な想念が、まるで卵からかえる雛のように、彼の脳底をつっ突き回り、彼はたちまちそのとりこになってしまった。

その時、たまたま隣のテーブルに大学生らしき若者と若い将校が茶を飲んでいた。

大学生は、まるでこの瞬間を狙っていたかのように、将校を相手に老婆のうわさを始めたばかりか、今まさにラスコーリニコフの頭脳に宿ったと同じ思いを口にしたのである。曰く、あの有害無益な老婆を殺して奪った金を社会の福祉に使う。一個の些細な犯罪を有益な活動、事業に生かすのだ。これは犯罪ではない、正義ではないか。人類は常に自然を修正し、偏見を超えて未来を建設してきたではないか。

この時、ラスコーリニコフはあたかも未知の第三者によって、生まれたばかりの自分の思いが客観的に認証され、真理の保証を与えられたような驚きに襲われたに違いない。それはまさに天啓のように耳朶を打っただろう。さらに二人はこんなことを言った。

「君は今とうとうと熱弁をふるったが、しかしどうだね、君は自分で婆あを殺すかどうだ?」

「もちろん、否だ!　僕は正義のためになにするので……あえて僕に関係したことじゃないよ……」

「だが、僕に言わせると、君が自ら決行するのでなけりゃ、正義も何もあったもんじゃない！」

このなにげないやり取りが示唆する恐ろしい真理を、この時のラスコーリニコフほど真剣に受け止めた者は世界にだれ一人としていなかっただろう。まこと、今自分が直面している真理は、実行と不即不離ではないか。実行の鍾を欠く正義は行方も知らぬ風船ではないか、絵空事ではないか。この道義を避けて通るなら、以降の俺の人生は虚偽だ。一生後悔の生涯を送らねばならぬ。この不可避の確信が彼の全身を刺し貫いたのだ。この時生まれた確信は、後々まで揺らぐことはなかったのである。この確信が、ラスコーリニコフにいかに重大な意義を持ったか、しっかり理解しておく必要があるだろう。

世の中には全く無関心層は別にして、或る有名なキリスト信者が言っているように、おおむね二種類の人々がいるようである。誰かがしなければならない、しかしなぜ自分がしなければならないのか。もっと相応しい人がいる筈だ。社会で大部分を占めているのはこの種の人である。一方、誰かがしなければならない、それなら自分がするべきではないか、何故自分がしてはいけないのか、と考え行動する人がいる。彼らは極めて少数派であるが、社会に幾分なりとも変革と進歩をもたらすのはこの種の人であろう。この部類の人は、鋭敏な感性と自由意志を持っているに違いない。

ラスコーリニコフが、後の部類の人であることは疑いようがない。安料理屋での二人の若者の会話は、彼の矜持に火をつけたであろう。彼は世間が尤もらしい口上を述べるばかりで、正義と革新の行動を起こさないこと、ひと言でいえば社会のエゴイズムと偽善を看破したであろう。彼は内なる声を聞いたに違いない、自分が神になるべきではないか、と。

それは一か月半も前のことだった。それ以来思想を挑発した老婆は彼に取り付き、彼女を殺さなければならぬという偏執が心に喰いこんでいった。

（2）酒場での偶然の出会い―決断へ　その1

さて、このように異常な方向に囚われたラスコーリニコフの心理に付け込んで、彼を犯行に近づけた二つの重要な出来事があった。もっとも、それらは何の変哲もない、極く日常的な出来事だったのだが。その一つは犯行の三日前に起きている。その日、彼は暗い衝動に背を押されて、自分を試すつもりで質草を手にして再び老婆を訪れたのだが、心中に湧き上がる自分への嫌悪感に我慢できなかった。動転したまま、喉の渇きをいやすために地下の酒場でビールを一口飲むと、幾分気分が落ち着いた。そこで運命的な出会いが待っていたのだ。

この世には、一面識もない人でありながら、口もきかぬ先から急に一目みただけで興味を感じ出すという、一風変わった邂逅《かいこう》があるものである。やや離れて陣取っている退職官吏らしい例の客が、ちょうどそういったような印象をラスコーリニコフに与えた。

まこと、人は時として全く見ず知らずの人の仕草や表情から、懐かしい心の形を感じ取ることがあるものだ。ラスコーリニコフにそんな不思議な親近感を与えた男は、ソーニャの父親、マルメラードフだった。確かにマルメラードフと青年の心には親子のような相似性があった。二人とも世間から爪弾きにあうような無垢な一面を持っていた。二人とも運命に背負わされたのか自分で招いたのかわからぬような悲しみを抱えていた。その上、酔漢も青年も家族思いで物に感じる優しい心を持ちながら、家族を不幸に追いやって、自分だけの夢想を追い求めている罪深い放浪人なのだ。

その失職中のアル中の中年男は、肺病の妻、三人の幼い子供を抱えた極貧の家庭の様子、体を売って家族を養っている娘の姿を、まるで旧知の友にするように青年に話して聞かせたのである。こちらは熱心に耳を傾けた。社会の最底辺に暮らす哀れな家族と少女の話を聞いて、彼が因業な老婆の殺害哲学に一層拍車をかけたのは疑うべくもない。そのあと酔漢を家まで送った。あまりの貧しさに心を打たれて、帰りしなに反射的にポケットから小銭をつかみ出して小窓の上に置いた。このようにして酔漢に抱いた親愛の情のために、彼は次のような忌憚のない直情的な思いを持った。

『……なんといういい井戸（酔漢の娘、ソーニャのこと：坂根注）を掘りあてたものだ！　しかも、ぬくぬくとそれを利用している！　平気で利用してるんだからな！　そして、ちょっとばかり涙をこぼしただけで、すっかり慣れてしまったんだ。人間て卑劣なもので、なんにでも慣れてしまうものだ』

ところが、まさにこのような遠慮のないシニカルな慨嘆が、増幅した老婆殺害の思いと共に、次のような決定的に重要な思いの引き金になったのだ。

「だが待てよ、もしおれが間違っているとしたら」と彼はわれともなくふいにこう叫んだ。「もし本当に人間が、人間が全体に、つまり一般人類が卑劣漢でないとしたら、ほかのことはすべて偏見だ、つけ焼き刃の恐怖だ。そして、もういかなる障害もない。それは当然そうあるべきはずだ！……」
ラスコーリニコフを襲った、この一見論理の飛躍した激情を冷静な言葉に翻訳してみよう。

　このような意志の弱い一人の酔漢につまずいて、人間全体を卑劣と結論するのは、軽率な判断ではないか。それどころか、マルメラードフのような善良ではあるが弱い人々を、情けを無視して踏み越えて進むのが、正しい理性の選択ではないか。人は理性の旗幟をかかげて、堂々と前進すべきではないか。人類はこのようにして、何物にも負けない勇気を手にして前進してきたではないか。そうであれば、虫けらにも等しい老婆の命など踏み潰して進むのに何の問題があろうか。

　このようにして、偶然出会った酔漢は、老婆に向けた刃を研ぎ澄ます手助けをしたのである。

　人との不思議な出会いで生まれる感情や思想は、思いもかけない真実を言い当てることがあるものだ。ラスコーリニコフは、老婆殺害の妄想に因われて、それに都合のよい思いを直情的に抱懐したのだが、実際、人類は彼が喝破したように歴史を歩んできたのを誰も否定できないだろう。作者は言う。

彼の心是非論《カズイズチック》は剃刀《かみそり》のごとくとぎすまされて、もはや自分自身の内部に意識的な駁論《ばくろん》を見出すことができなかった。

次に、彼を犯行に大きく近づけたもう一つの事件に言及しよう。

（3）恐ろしい母の手紙―決断へ　その2

マルメラードフに出会った翌日、意図する殺人の足音が聞こえる不安な眠りから目を覚ました彼を母の手紙が待っていた。しかし彼は懐かしい母の筆跡を前にして、しばらく封が切れなかった。何かを恐れるかのように躊躇した。何が恐ろしかったのか。ここで、前日彼が酔漢を家迄送った時の一場面を思い出すのは、参考になるだろう。

「今わしが恐れとるのは、カチェリーナじゃがせん」と彼はわくわくした様子でつぶやいた。「あいつがわしの髪の毛をむしるだろうということでもがせん。髪がなんだ！……髪なんかなんでもありゃせん！　全くでがす！　もし引きむしりにかかってくれれば、その方がまだしもなくらいだ。わしが恐れるのはそれじゃない……わしは……あれの目を恐れるのだ……さよう……目をな……それからほっぺたの赤いしみもやっぱり恐ろしい……それからまだ……あれの息が恐ろしい……」

ラスコーリニコフは母の手紙を前にしてマルメラードフと似た恐怖の中にいる。マルメラードフが、自分が原因となった妻の不幸の有様を直視するのを恐れたように、背くことになるかもしれぬ、いやもうすでに背いているかもしれぬ母の愛に触れるのが恐ろしいのだ。その愛が深ければ深いほど恐ろしいのだ。案の定、手紙からは母の愛が迫ってきた。彼はそれを正視できない。そこで手紙の内容に逃げ場所を見つけたのだ。妹ドゥーニャが、身を犠牲にして愛してもいない金満家と結婚しようとしている。母と妹が大切な総領息子の現在の窮状を救うため、そして将来の身の保障のために共謀しているのは明らかだ。俺は妹の生き血を吸って生きていくのか。そんな犠牲は到底受け入れるわけにはいかぬ。

手紙はこのような一刻も猶予のならない緊急事態の内容だったが、目前に迫った妹の犠牲的結婚がラスコーリニコフを犯罪へと追いつめたとするのは間違いである。彼がそれに拘泥したのは、いっとき母の愛から目をそらすための方便に過ぎない。彼は妹の結婚相手、ルージンの正体を看破している。このような軽薄な人物がかかわる婚約事件と彼の思想犯罪をたとえ部分的にもせよ因果関係で結びつけるのは、この小説の主題を軽視する重大な誤りである。心理的に不自然なのだ。ここにはもっと大切なものがある。母の愛情である。母からの長い手紙は次のように結んであった。

……大事なロージャ、お前はわたしのすべてです――わたしたちの希望の全部です。お前さえ幸福でいてくれれば、わたしたちもやはり幸福です。わたしのロージャ、お前は以前のように神様にお祈りをしていますか？　われらを造り給いし贖《あがな》いの主たる神のおん恵みを信じていますか？　わたしは当節はやりの不信心が、お前までも見舞いはせぬかと、心ひそかに案じております。もしそうなら、わたしはお前のために祈りましょう。思い出しておくれ、ロージャ、まだお前が幼いころ、お父様の生きていらした時分、わたしの膝《ひざ》の上に抱かれながら、回らぬ舌でお祈りをした時分の事を。そのころのわたしたちはどんなに幸福だったでしょう！　ではさようなら、いえそれよりも、お目もじまでと申しましょう。お前を堅く堅く抱きしめて、数限りなく接吻します。

終身かわらぬおん身の母
プリヘーリヤ・ラスコーリニコヴァ」

このような絶対的な愛に直面した時、全面的に受け入れるか、反逆するか。二つに一つしかない。これは、母親の真実の愛を経験した親不孝の若者だけが知っている不思議な事情であろうか。その愛は、ラスコーリニコフに有無を言わせぬ選択を迫ったのだ。手紙はまさに決定的な事件だった。遅きに失した母の手紙はラスコーリニコフの運命を決めたと言っていい。人の血を流すという禁断の呪いに魅入られたラスコーリニコフの行く道はこの時決まったのである。是が非でも老婆殺しを実行しなければならぬ。でなければ……。

「でなければ、ぜんぜん人生を拒否するんだ！」突如、彼は狂憤にかられて叫んだ。「あるがままの運命を従順に生涯かわることなく受け入れて、活動し、生き、愛するいっさいの権利を断念し、自己内部のいっさいを圧殺してしまうんだ！」

これは、いかなる犠牲を払っても、自分の人生は自分で決めるという断固たる独立宣言であり、また独立の障害となる母と妹への訣別宣言である。実際これ以降、彼の意識から、母と妹は完全に姿を消してしまうのだ。こうした奇妙な心理のメカニズムを説明する必要はない。緊急の事態に直面すると、人の心はどのような不思議でもやってのける。存在を非存在とするぐらいのことは朝飯前である。犯行の障害となる母と妹の存在消去がどれほど徹底的であったかは、老婆殺害後彼が経験したことを見ればわかる。田舎から上京して、下宿部屋で彼の帰宅を待っていた母と妹に出会った時、ラスコーリニコフはあたかも他界した人の幽霊に遭遇したかのように呆然自失に陥った。

二人は彼にとびかかった。にもかかわらず彼は死人のように突っ立っていた。ふいに襲った堪えがたい意識が、雷のように彼を襲った。それに、二人を抱擁しようにも、彼の手は上がらなかった。上げられなかったのである。

彼は不意のショックでその場に卒倒するしかなす術がなかったのだ。

（4）二回目の老婆訪問のミステリー

さて老婆殺しの実情をしっかり理解するために、ここで犯行の三日前の彼の行動を見ておきたい。その日の夕方、彼は〈リハーサル〉（瀬踏み）と自分に言い聞かせて、質草を持って再び老婆を訪れた。それは、酒場でマルメラードフと出会ったすぐ前のことだった。「彼は心臓の痺れるような感じと神経性の戦慄を覚えながら」老婆の部屋へと足を運ぶ。

道のりはいくらでもなかった。彼は家の門口から何歩あるかということまで知っていた——きっかり七百三十歩。いつだったか空想に熱中していた時、一度それを数えてみたのだ。

彼はふだんからこんな事をやっていたのだ。子供のようでいて不気味な振舞いではないか。こんな子供じみた、それだけに刺激的な演習は、彼にどんな効果をもたらしたのだろうか。

俳優ならば練習の成果を舞台の上で観客に向けて発散し、思想と感情を彼らと共有できるというものだ。しかしラスコーリニコフという孤独な演技者のエネルギーは、自分の内部に鬱積する以外に行く場所があるだろうか。そして誰とも分かち合われず、鬱積したエネルギーは、妄想願望が育つ餌になるよりほかに行く所があるだろうか。まこと、七百三十歩の歩みに見られるように、この孤独な青年の振舞いには、悪意の呪術者が行う儀式の不気味さがある。こんな薄気味悪い遊戯を自分相手に繰り返しているうちに、「いつの間にやらその『醜悪』な空想をすでに一つの計画のように考え慣れてしまった」。

けれども、社会から隔絶した屋根裏部屋で孤独な頭脳が孕んだ胎児は、一体どのように成長するのだろう。承知のように、この孤独な青年の世にも奇妙な生活は、屋根裏部屋での一人問答と街の中のあてもない孤独な彷徨が全部なのである。彼が生んだ胎児は、彼の生き血を吸って肥大化はしても、しょせん社会の中で生き、生長するべき場所を見つけられない虚像であろうか。老婆とは何だろう。それは幻影かもしれぬ。殺人とは何か。それも幻想かもしれぬ。では殺人の目的も幻想なのか。今、彼は魔性の声に誘われて老婆の部屋に立っているのだが……

……彼はじっと老婆を見つめながら、まだ何か言う事かする事でもあるように、急いで帰ろうともしなかった。もっとも、その用事がなんであるのか、自分で知らないらしい様子だった。

「事によるとね、アリョーナ・イヴァーノヴナ、近いうちにもう一品もってくるかもしれませんよ……銀の……立派な……巻煙草入れ……今に友だちから取り返してきたら……」

彼はへどもどして、口をつぐんだ。

近いうちに一品持ってくるとはお前を殺しに来るということだ。彼は、前もって、次の訪問を老婆に安心させておく布石のつもりでこんなことを言ったのだが、相手に向けて発したはずの言葉が、うつろな響きとなって空中に消えてしまうのを見て驚く。目の前の老婆はいったい誰だろう。彼はじっと老婆を見つめるが、目の前に立っているその人が、自分が命を奪おうとしている当の相手だという実感がまるでわいてこない。愛憎でもない、私的な物欲でもない、一切の人間感情を欠いた殺人とは何だろうか。彼の視線は老婆から遊離して虚空をさまよい、己の内部を探してみても定めるべき対象とてない。老婆殺しが、他人を閉め出した孤独な頭脳の活動の産物であることを、更に、自分が殺そうとしているのは当の老婆ではなく、思いもよらぬ、何か恐ろしいものかもしれないことをこの時こそ彼ははっきりと直覚したはずであるが、多感な青年を捕えた魔的な力はもはや離れようとしない。そしてこの魔性の力が、意志と知力を持った固定観念となって、あらゆる機会を自分の有利に利用しながら、常に先手を取って地歩を固めていく不気味さに、私たちは寒気を覚える。その例を、私たちは酒場でのマルメラードフとの出会い、そして故郷からの母の手紙を手にした場面で見た通りだ。

今、老婆の部屋へやってきて、彼女の前で呆然とたたずむ彼をあざ笑うかのように、部屋の窓のカーテンに緋色に映える夕日だけが、不思議な現実感を湛えているだけである。

『その時もきっとこんな風に、日がさしこむに違いない！……』どうしたわけか、思いがけなくこういう考えがラスコーリニコフの頭にひらめいた。

このように、夕日に映えるカーテンを見ているのは、ラスコーリニコフだけではない。不気味に成長した魔物も見ているのだ。彼はこの時、己の人格が二つに分裂しているような奇怪な感触の中にいたであろう。

はて、この青年は、どのようにして人殺しを実行するのだろうか。

(5) 決断—偶然か悪魔のからくりか

さて、作者が描く、神業としか言いようのない老婆殺害の決断の心理劇を見よう。マルメラードフとの出会い、母からの手紙などで瀬戸際まで追い詰められたラスコーリニコフは、恐怖から逃げるように下宿をさまよい出ると、疲れ果ててペトローフスキイ島のやぶの中で眠ってしまう。その時恐ろしい夢が訪ずれる。幸いにも、それはラスコーリニコフを人殺しの犯行から救った筈であった。夢の中とはいえ、百姓ミコールカの身を借りて、人の血を流す罪の恐ろしさを彼は身に染みて知ったのである。

それは天の黙示と呼ぶのがふさわしいほど鮮やかな夢だった。夢から覚めたラスコーリニコフを、作者は次のように描く。

橋を渡りながら、彼は静かに落ち着いた気持でネヴァ河をながめ、あざやかな赤い太陽の沈みゆく様をながめた。体が衰弱しているにもかかわらず、なんの疲労も感じなかった。それは心臓の中で一か月も化膿《かのう》していた腫物《はれもの》が、急につぶれたような思いだった。自由、自由！ 今こそ彼はああした魅《まよわ》しから、魔法から、妖力《ようりき》から、悪魔の誘惑から解放されたのである。

ここで読者は、この小説に於いて夢がしばしば果たす重要な役割に初めて遭遇する。夢が現れたのはラスコーリニコフが犯行の瀬戸際に追い詰められた危急の時であった。彼は自由意志によって「悪魔の誘惑から解放された」のではなかった。まさしく夢のお告げのおかげだったのだ。この衝撃的な場面を読むと、私たち読者の心には恐ろしい疑惑が芽生え始めるのである。一か月半ほど前老婆に初めて出会って以来、彼はずっと老婆の殺害を思案してきた。それはだれ一人とも思いを分かち合わない孤独な思索だった。他人と心を分かち合わない思想とは、一体何だろうか。ラスコーリニコフの醒めている日常の意識は、その実魔性の存在の呪いによって織られた夢意識なのではないか。ラスコーリニコフは眠ることによってしか、その悪夢織物の帳を破って、自然の営みに目覚めることができないのではないか。それを示唆するかのように、作者は奇妙な描写を始めるのである。あたかも、「妖力」の呪縛から解放してくれた痩せ馬の夢から覚めたラスコーリニコフは、再び悪夢の織物に絡められていくように。

……彼はへとへとに疲れ切っていたので、もっとも近いまっすぐな道筋をとって帰るのが、一ばん得策だったにもかかわらず、なんのために、遠回りの乾草広場《センナヤ》を通って帰ったのか、われながらどうしても合点が行かず、説明がつき兼ねるのであった。

どうしてあんなに重大な、彼の全運命を決するような、と同時にごくごく偶然的な乾草広場《センナヤ》（しかも行くべき用もなかった）における遭遇が、ちょうどおりもおり彼の生涯のこういう時、こういう瞬間に、その上特に彼の気分があああした状態になっていた時に、ことさらやって来たのだろう？　しかもその時の状況は、この遭遇が彼の運命に断乎《だんこ》たる、絶対的な影響を及ぼすのに、唯一無二ともいうべき場合だったではないか？　それはまるでこの遭遇が、ここでことさら待ち伏せしていたようである！

以上のような事態がラスコーリニコフの身に生じたのである。作者はここで執拗に二つのことを強調している。一つは「唯一無二ともいうべき場合」と言い、「彼の気分があああした状態になっていた」とあるように、夢から覚めたラスコーリニコフの特殊な精神状態である。夢では、彼は七歳の少年に戻っていた。その時、冷酷な百姓の仕打ちで殺された哀れな老馬のために流した少年の熱い涙は、実は長い間心を苛む邪悪な空想によって抑圧されていたラスコーリニコフの良心の叫びであった。彼の心身を打ち砕くほどの激しい良心と命の逆襲であった。彼はそのショックのため一種の虚脱状態で夢から覚めたのである。作者が、「今こそ彼はああした魅《まよわ》しから、魔法から、妖力《ようりき》から、悪魔の誘惑から解放されたのである」と書くように、彼はつかの間の解放感に酔った無防備な心理状態にあった。

今一つは、「この遭遇が彼の運命に断乎たる、絶対的な影響を及ぼす」と作者が書くように、老婆の唯一の同居人、リザヴェータとの偶然の出会いだ。

ラスコーリニコフがふと彼女の姿を見た時、この邂逅《かいこう》に別段なんの不思議もなかったにもかかわらず、突然ある深い驚愕に似た奇妙な感じが、彼の全幅を領したのである。

この一文は重要である。ラスコーリニコフは実際は何を見たのか。ここにリザヴェータがいるという事は、今老婆は一人で部屋にいるはずだ。ラスコーリニコフがリザヴェータの背後に心の眼で見ていたのは、部屋で一人たたずむ老婆の姿だった。幾日にも亘る内部闘争を生き抜いてきた魔性の人格は、完全には消滅しないで、じっと意識下で外部からの呼びかけを待っていたのだ。さらに明晩七時にはリザヴェータは必ずここ乾草広場にいるという偶然耳にした会話。その時老婆は一人になる。このようにしてほんの些細な偶然で、老婆を殺すべしという魔の指令が息を吹き返したのだ。「深い驚愕に似た奇妙な感じ」とは、彼の心に生き返った死神の不気味な感触だった。作者は言う。

いずれにしても、明日これこれの時刻に、陰謀の寝刃を向けられている当の老婆が、まったく一人ぼっちでいるという事を、すぐその前日この上なく確実に、一切の危険な質問や探索なしに突き止めるというのは、およそ困難なことに相違ない。

以上の二点を考慮して、乾草広場のラスコーリニコフの身に何が起こったか考えてみよう。生々しい夢から目覚めた時、彼は両足で新しい大地にしっかりと立っていたのではなかった。片足はまだ古い世界に残したままの、いわば半覚半睡の状態であった。彼はその不安定な姿勢の虚を突かれたのである。即ち、当の老婆が明晩七時には独りで家にいるという偶然耳にした情報が、彼の不安定な心理状態に乗じて、意識下に潜んでいた魔的な潜勢力に出口を与える力として働いたのである。ラスコーリニコフにとって、それは不意を衝かれた物理的な一撃であった。それは正常な心の働き、判断機能を一時的に麻痺状態にするほどの衝撃だった。彼はこんな結末を微塵も予想していなかった。悩み抜いた末に彼を待ち受けていたのは、意志による決断でも、恩寵による啓示でもなかった。恐ろしくも無意味な機械的衝撃であった。

彼は死刑を宣告された者のように自分の部屋へはいった。何一つ考えなかったし、また考えることもできなかった。ただ突然、自己の全存在をもって、自分にはもう理知の自由も意志もない、すべてがふいに最後の決定を見たのだ、という事を直感した。

作者が示唆した事が起こっている。意識は覚醒しているのに、彼は魔性の人格が命じる悪夢を演じているのだ。

ところが、まさにこのような意想外の事情の展開のために、ラスコーリニコフの人格の最良の部分が無傷のままで残されたのである。彼が藪の中で見た夢は、まさにその役割を果たしたのであった。夢で、ラスコーリニコフは血を浴びて老婆を殺した。

その生々しい殺人の記憶は、そのあまりの恐ろしさのために意識下の闇の中に沈没してしまったのだ。このため、今老婆を殺そうとして、ラスコーリニコフは、肝心の血を流す行為を意識しない。彼の反省意識は、老婆の殺害を、良心の関わらない機械的行為として表象するだけだ。但し、このような非人間的な殺人が、後になって恐ろしい復讐の牙をむくことになるのだが。私たちはこのような経緯をしっかりと心に留めなければならない。

さてここで、大切な事を確認しておこう。作者は何故、主人公が犯行に至る過程を、夢から始まるこのような回りくどい不思議な心理劇として描いたのであろうか。

読者は、ラスコーリニコフが情愛深い人物として描かれているのを随所で目にするのである。すでに小説の冒頭に於いて、母親の手紙はラスコーリニコフの人となりを見事に紹介している。この意味でも、「なつかしいわたしのロージャ」で始まる長ったらしい母の手紙は大変重要なのだ。ここには、深い愛情の絆で結ばれた家族が生き生きと描かれているからだ。優れた知性と優しい心のラスコーリニコフ。こんな若者に人殺しという呪われた凶行を演じさせるためには、悪魔は手の込んだ搦め手を用意しなければならなかった。意識を一時的にでも混迷させる衝撃が降りかからないかぎり限り、彼に最後の一線を踏み越えさせるのは不可能だった。

　小説の終わり近く、自首しに行く直前、彼は独語する。「もし一人ぼっちで誰一人愛してくれる者もなく、また自身も愛さないとしたら、その時はこんな事は決して起こらなかっただろう」と。いかにもその通りなのだ。「その時」、もし事件が起こっていたとしたら、彼の犯行は思想の仮面をかぶった冷酷な知能犯であったに違いない。彼は知性の論理の命ずるままに、前提から結論へ、結論から計画へ、計画から実行へと、冷静にいささかの動揺もなく進んでいったことであろう。「その時」は、ペトローフスキイでの夢の衝撃によって生じた意識の一瞬の混迷に乗じて、乾草広場《センナヤ》での一偶然事が物理的作用のように最終的決定を惹起するというような劇的な経過は決して起きなかったであろう。彼が人間精神の力と価値に自分の青春を賭けたからこそ、夢が暴いた己の思想の実態に慄然として震えおののいたのであり、彼の良心を襲ったこの激震こそ、夢がもたらした放心状態の深い原因である。言いかえれば、犯行の機械的決定は、実はその精神性の象徴的表現なのである。

（6）老婆殺害の真相

私たちは長い時間をかけて、老婆殺害に立ち会う瞬間にやってきたようである。ラスコーリニコフの犯罪を正しく理解するために、犯行に至る経緯をしっかり見ておく必要があったからである。ここではさらに念を入れて、老婆殺しの場面を検証しておこう。

ラスコーリニコフが乾草広場でリザヴェータを目撃してから次の日の夜老婆を殺すまで、読者はラスコーリニコフ怪談に付きあうことになる。もっとも怪談はずっと後まで続くのだが。

人の命を狙う行動とは、普通どのようなものか。犯人は暗い衝動に駆りたてられ、獲物を狙う狡猾な飢えた動物のように、血の予感に慄きながら夜の闇の中へ疾走してゆくだろう。四肢を俊敏に動かし、目をしっかりと標的に向けながら。

さて、この青年はどうだろうか。

「自分にはもう理知の自由も意志もない」と作者が書いたように、ラスコーリニコフはもう生きた人間ではない。この脱け殻は、何物かが操る夢遊病者である。人を殺すというのに、彼には何の創意工夫もなく、前以って思い描いていた幼稚な準備を夢遊病のように演じるだけだ。オノを吊る輪《わ》さを外套のうち脇に縫い付けた。偽の質草を包装して糸で十文字に縛った。庭番小屋で見つけたオノを輪さにつるした。あとは丸腰のまま出かけていく。この一連の場面で別けても怪談じみているのは、金銭を持ち帰るという観念が完全に脱落していることである。一体彼は何のために己の手を血で染めようとしているのだろうか。

老婆を訪れたラスコーリニコフは、偽の質草を彼女に差し出す。歓迎されざる不意の訪問者に不安を抱きながらも、職業的な習性から老婆は質草を手に取ると、しばらくそれに気をとられた。

……彼は外套《がいとう》のボタンをはずし、斧《おの》を輪さからはずしたが、まだすっかりは取り出さないで、服の下から右手で抑えていた。が、その手は恐ろしく力抜けがして、一瞬ごとにしびれていき、こわばっていくのが自分にもわかった！　彼は斧を取りはずして、落としはしないかと恐ろしかった……と、ふいに頭がぐらぐらっとしたような気がした。

もう一瞬も猶予していられなかった。彼は斧をすっかり引出すと、はっきりした意識もなく、両手で振り上げた。そして、ほとんど力を入れず機械的に、老婆の頭上へ斧のみねを打ちおろした。

彼は、オノが手ごたえを以て反応するとはまるで予期していなかったのではないか。ところが以外にも手応えがあり、何ものかが悲鳴を上げて倒れた。その叫びで、突然目覚めた自己防衛の本能に駆られて、今度は力を入れて二、三回脳天を打った。それはついさっきまで人の言葉を話していた。してみると確かに一つの命を殺めたのだ。

もしラスコーリニコフが人々と共有できる人間的動機から老婆の生身を切り裂いて、自分の体に流れているのと同じ温かい血を浴びたのであったなら、彼は老婆と、恐怖と苦痛を共にしたであろう。こうして彼は同胞を殺したと実感しただろう。しかしラスコーリニコフが老婆に向けたのは恐ろしい刃だった。彼は自分を、人の命の審判者と宣言して、オノを振り下ろしたのだ。皮肉にも、個人的な利害の後ろめたさで鈍っていないラスコーリニコフのオノの刃は、それだけ鋭い切っ先となって、彼自身に跳ね返って彼の命を切り裂いたのだ。本能の嗅覚とはなんと恐ろしいものであろう。老婆を殺害するために彼女の住居へ足を運びながら、実は自分の死地へ向かっているのではないかと予感したのは真実だった。

『きっと刑場に引かれて行くものもこんな風に、途中で出会うもののすべてに考えを吸いつけられるに相違ない』

老婆殺害に於けるこの恐怖の自己死体験が、警察署での恐怖体験へと結びついていくのである。

第二章　ラスコーリニコフの思想

（1）警察署での恐怖の体験

老婆の殺害はラスコーリニコフにただ空しさだけを残した。内に秘めた暗い満足感も悪の達成感もなかった。大切な命までも老婆の部屋に落としてきたような虚しい喪失感だった。傷ついた野獣のように帰ってくると、忘却状態に落ちて硬直したまま気を失ってしまった。

「もしもこの時誰か部屋へ入ってきたら、彼はすぐさまはね起きて叫び声をあげたに相違ない」

文字通り彼は無防衛な傷ついた裸の野獣だ。

晩の二時過ぎ、通りからいつものように喚き声が聞こえて、目が覚めた。

『ああ、もう酔っぱらいどもが酒場から出てきたな』と彼は心に思った。『二時過ぎだ』こう思うと彼はいきなり、まるで誰かにもぎ離されでもしたように、長椅子からがばとはね起きた。『やっ！　もう二時過ぎだ！』彼は長椅子の上にすわった——と、その時初めていっさいを思い出した！　突如として一瞬の間に、何もかも思い出したのである！」（傍点坂根）

傍点をふった文であるが、まったく同じことが犯行直前のラスコーリニコフに生じている。

……ふいに、時計の打つのがはっきりと聞こえた。彼は身震いしてわれに返った。頭を持ち上げて、窓を見ながら時刻を考え合わせた。と、すっかり正気づいて、まるで誰かに引きむしられたように、いきなり長椅子から跳ね起きた。（傍点坂根）

明らかに、作者は意識して同じ文を二度書いている。ラスコーリニコフの心に起きた奇怪な錯誤を描いている。ラスコーリニコフに奇怪な事が生じたのである。彼には正常な時間の感覚が失われたのだ。彼はどこで夢が終わり、いつ現実が始まったのか判然としない。酔っぱらいの声で目が覚めた時、一瞬犯行の記憶が抜け落ちたのだ。慌ててあそこへ出かけようとして——すべてを思い出したのである。なぜこんな奇怪なことが起きたのか。そうだ、ラスコーリニコフが手を下したのは、老婆を身代わりにした己の命だった。そのあまりにも生々しくも恐ろしい記憶は、彼の意識を混乱に陥れている。この自己死意識が、警察署での恐怖の体験の底に流れている。その日、彼は警察から呼び出しをうける。猜疑心と不安にせきたてられ、自白の覚悟までして出頭したが、呼び出しの理由は事件とは無関係な些細な事だった。それを知った時の動物的な歓喜とはじけるような解放感。彼は職員相手にペラペラと身の上話を始めたがそれも束の間だった。心の中には、己の死体が横たわって死臭を放っている。このため心の高揚は長続きすること無く、瞬く間に涸れるのである。人と心の交流ができないのだ。以下はこれを思い知った最初の恐ろしい体験だった。

――もしこの部屋が急に警察官でなく、もっとも親しい友人でいっぱいになったとしても、彼は自分の親友のために、何一つ人間的なことばを考えつくこともできなかったろう。それほど彼の心は急にがらんとしてしまったのである。

――彼はよしこの瞬間、火あぶりを宣告されたにしろ、びくともしなかったに相違ない。おそらく宣告さえも注意して聞かなかったろう。彼の内部には何かしら全く覚えのない、新しい、思いがけない、かつてためしのないあるものが成就したのである。

——これがたといみんな警察官でなく兄弟姉妹であるにしても、今後生涯のいかなる場合においても、彼らに話しかける必要はないのだ。彼はこの瞬間までかつて一度もこうした奇怪な恐ろしい感じを経験したことがなかった。そして、彼にとって何より苦しかったのは、これが意識とか観念とかいうよりもむしろ感触だった一事である。

人は心に小さな秘密を宿している時は、それを人前で愛玩できるというものだ。しかしその秘密があまりにも深刻であれば、人はそれを隠そうとするが、しかしそれと同時に、それ以外のどんなことを話題にしても、本当の自分を隠して白々しい嘘をしゃべっていると感じるだろう。彼は自分を偽善者だと感じるだろう。しかし彼がそう感じるのは、自分は人間社会の仲間の一人だと信じているからであろう。ところが、ラスコーリニコフのような恐ろしい秘密となるとどうであろうか。人はそれに飲み込まれて、自分という存在そのものが秘密と化したように感じるだろう。繰り返すが、彼が老婆に振り下ろしたオノは、人の命に向けた死の凶器だった。彼はおそらく、自己の存在が死の原理と化したような恐ろしい感触の中にいたにちがいない。それが巨大な秘密となって、人との交流を不可能にしてしまったのである。「彼はよしこの瞬間、火あぶりを宣告されたにしろ、びくともしなかったに相違ない」とはラスコーリニコフを襲った呪われた五感の仮死状態を表している。勇気や自暴自棄とは別の事であろう。

ここで、恐らく多くの読者があまり気にかけないで読み過ごすかもしれない事を指摘したいと思う。それはこの物語に描かれたラスコーリニコフは、ほとんど食事をしていないことだ。彼は飢餓状態に置かれている。これは例えば、ヨガなどの修行者が肉体の欲望を断ち、精神の自由を得るために身体に課す断食に似ているといえるだろう。ラスコーリニコフは修行者のように意図的にそうしたのではないが、結果的には同じ状態にいると言ってよい。すなわちラスコーリニコフの世界は、低次の欲望が力を失った精神優位の世界なのだ。言い換えると、この物語にどのような異常が現れようと、彼が本質的にその本当の主人であり、彼の精神が自主的に作り出したものなのである。まさにこのために「罪と罰」は悲劇なのであり、読者に感動を与えるのである。この事をしっかりと心に留めておきたい。

(2) 何故老婆を殺してはいけないのか——否定の力としての人間精神

ここでしばし足を止めて、ラスコーリニコフについて考える時が来たようである。この青年は何者なのか。貧乏のために余儀なく屋根裏部屋に居候している、休学中の大学生である。しかし学校も口過ぎの仕事も、世間との交際も放擲してしまった以上、社会の一員とは呼べない奇妙な存在だ。彼をこのような状態に追い込んだのは、ある日彼の頭脳に宿った反逆的な思想だったのか、それとも世捨て人のような生活に付け込んでその思想が彼に取り憑いたのか。いずれにしろそれは別に変哲もない考えだった。彼はこんな趣旨の文章を雑誌に投稿している。自然のいかなる摂理によるのかは知らぬが、人類は大略二つの部類に分かれている。一方は人類を新しい運命に導く選ばれた人々であり、他方は選良たちの材料となって働く下級集団である。曰く、一方は必要とあらば法を踏み越え、同胞の血を流すことさえ自己の良心に許す権利を与えられているが、他方は服従を旨とし、もっぱら同類を増やすのが主な使命である。これらの大多数の人々は、一しきりの陣痛を経たあと、何万人に一人でも偉大な天才を生みだすためにだけ存在しているのである、云々。それは若者に特有の短絡的でありふれた性急な机上の理論だった。この青年に特別な哲学的才能を与える必要はない。それに彼は狂信者でもなかった。彼は昔話みたいな変哲もない思想を、巧妙に理論化して独断哲学に仕上げた独善の徒ではない。実情は全く逆なのである。彼はこの平凡な思想を、いわば掌に乗るほど単純化して、一人の老婆の存在にまで単純化して、余り間近で眺めすぎて気が変になった青年である。彼は考えるという無償の行為が、極端な利己主義と見分けがつかなくなるほど、自己と対象に近づいて考えた青年である。実はこの点に、個人の責任に於て自分を極限にまで突き詰めて考えた点にラスコーリニコフの独自性があるのだ。

彼はソーニャに、老婆殺しについてこう言う。

「権力というものは、ただそれを拾い上げるために、身を屈することをあえてする人にのみ与えられたのだ。そこにはたった一つ、たった一つしかない——あえてしさえすればいいのだ！　その時僕の頭には生まれて初めて、一つの考えが浮かんだ。それは僕より前に誰一人、一度も考えたことのないものだ！　誰一人！　ほかでもない、世間の人はこの馬鹿げたものの傍を通りながら、ちょっと尻尾をつかんでふり飛ばすことさえあえてするものがなかったんだ、また今だって一人もいやしない。このことが突然僕の目に、太陽のごとく明瞭になったのだ！　で、僕は…僕は…それをあえてしたくなった、そして殺したのだ…僕はただあえてしたくなっただけなんだ、ソーニャ、これが原因の全部なんだよ！」

　これは痛ましくも生々しい本音に違いないが、一体これが思想だろうか。これが思想の実践だろうか。むしろこんな風に言ってよければ、市場に出す価値のない粗い原石ではないか。そしてラスコーリニコフは、この原石を磨こうとしなかった。かたくなにそれを掌に載せたまま、老婆と心中したのである。

　しかし読者はここに短絡的で怠惰な自己主張をみるべきではない。確かに反逆的、反社会的であり、悪魔的でさえあるのだが、同時に、危険を承知で素手で獲物をつかむ無私とさえ言える心意気を見るべきだろう。

実際、青年の素朴な意識は、思想を正当化する尤もらしい理論に結晶することなく、綿密な計画に基づいた行動に蒸発もしなかった。もしそうであったら彼は気楽だっただろう。彼は理論を枕に休息できたであろうし、計画の実行に我を忘れることもできただろう。しかし自我と対象の間に身を守る緩衝装置を持たないこの裸の意識は、そうした安易な道に逃げ込もうとしない。彼は最後の瞬間まで、老婆の周りを蛾のようにまわりながら繰り返す、何故こいつを殺して自己と真理を証明してはいけないのか。他者を締め出した自分自身とのこの執拗な殺人問答が、ついに彼自身に刃を向け、あたかも服の端が機械に巻き込まれるように徐々に自由を奪い、心を絞め殺していった恐ろしい過程は、作者が念入りに描いている通りである。

ここで改めて考えてみよう。ラスコーリニコフを殺人の陰惨な思想に追いやったのは何だったのか。彼が、人類は凡人と非凡人に分類され、非凡人は人類を新しい未来に導くためには法を乗り越えて進む権利があると持論を述べた時、横で聞いていた友人のラズーミヒンはこう言う。君の説は特に新しいものじゃない、しかし君のただ一つの創見は、良心に照らして血を流すのを認めている事だ、失礼だがそこには狂信的なにおいがする、と。ラズーミヒンの友情はラスコーリニコフの本質を洞察したのだ。まこと、彼が老婆殺害の思いを抱懐したのは、「良心に照らして血を流すのを認める」、すなわち人間理性こそが世界の主権者であるべきであるという信念の芽生えであっただろう。これが神への謀反に通じているのは明らかである。宗教は、殺すなかれ、と教えているからである。

ラスコーリニコフには、神の絆を断ち切ることができる独立の人格でなければならぬという自負心が燃えている。人類は、神への帰依なしに、人間理性に基づいて世界を建設すべきではないか。これはすでにありふれた平凡な思想であっただろうが、ラスコーリニコフは、これを単なる認識問題ではなく、生き方の問題として、倫理の問題として、正面きって自分自身に問いかけたのだ。彼の生活が語るように、働くのを放擲して屋根裏部屋にとじこもり、信仰と伝統から自らを切り離したさ迷える小羊になったのは、正に彼の先鋭的な倫理性のためであった。この運命を明瞭に意識した点に彼の独創があったのであり、その運命に忠実足らんとしたところに彼の悲劇が生まれたのだ。

ラスコーリニコフの精神の特徴を、別の言葉で述べてみよう。

ラスコーリニコフのような気概のある若者が自我と独立心に目覚めて世界に直面する時、多くの場合その精神が最初に取る運動は否定である。彼は世界に向かって叫ぶ『否！　これは間違っている！』彼は世界は改造されるべきだと感じるが、まず向うのは古い体制と価値観の否定だ。彼は今までの自己に向かっても、他人に対するように外的になり、『これは偽物だ！』と叫ぶ。しかしもし彼に新しい真理を言葉にするよう頼んだら、大いに困惑するのではないか。たとえ彼がダーウィンのような新理論の革命児であったにしても、最初はたいして建設的な言葉は喋れないだろう。その代わり世界へ向けての『それは誤謬だ！』の叫びは、決定的で確信に満ちているだろう。と言うのも、彼は出発にあたって未だ明確な表現を獲ない未来の眺望からよりも、訣別の情動からより大きな魅力と鼓舞を得るからだ。この点を考えてみると、新らしい門出に立つ批判精神は心の全体を揺り動かす自己充足的な力を備えているのがわかる。この否定運動の魔術的な力に魅了されて、人はじっとその深淵を覗き込むのだ。

ラスコーリニコフの憂鬱な肖像を見ると、彼の問答が、「何故老婆を殺してはいけないのか」であったのを示している。彼は、「老婆は死すべきである」とは自己に語らなかったであろう。もしそうしていたなら、この肯定命題はほとんど意味を欠いたテーゼであり、一老婆の死は世界を微塵も変えないと悟ったであろう。しかし、「なぜ殺してはいけないのか」は深い意味を秘めているように見える。この否定命題は、老婆という存在を超えて世界を包摂し、限りなく分析と思索を招くように思えるからだ。

ラスコーリニコフが、人類を凡人、非凡人の二つの範疇に分けて自分の考えを述べた時、続けて次のように言う。

「第二の範疇はすべてみな、法律を踏み越す破壊者か、あるいはそれに傾いている人たちです。それは才能応じて多少の相違があります。この種の人間の犯罪はもちろん相対的であり、多種多様であるけれど、多くは極めてさまざまな声明によって、よりよきものの名において、現存せる物の破壊を要求しています」（傍点坂根）

実際、このように現存を否定する能力が、人間精神の本質的な一面であり、大きなエネルギーの源泉であり、その自由の証である事はいくら強調しても足りないだろう。人間以外の動物は否定を知らない。動物の意識は、常に充実の連続である。動物の意識と現実の間には、不足と無の間隙がない。というのは、欲望が実現するまでの時間の経過と空間の距離は、常に具体的な感覚として体験されるので、何物かの非存在として表象されることはない。人間だけが虚無を実体であるかのように定立できる唯一の存在なのだ。人間は、欲望と希望によって未来に目を向け、現在の中に不足と無を体験する唯一の存在である。人間は、過去の記憶と蓄積した知識に背を押され、常に未来に目を向けて現在を否定、改変する生き物である。ミツバチなどの昆虫や動植物の本能は、自然と生命の内的なリズムに調和しているが、人間精神はそれから閉め出されているのである。それは破壊の本性を内に秘めているのだ。

それ故、私たちが新しい第一歩を踏み出す時に、現存を否定する働きに強く惹かれるのは無理もない。私たちが魅了されるのは、鏡に映った自分の形姿に他ならない。精緻な思想体系にあっても、原初のダイナミックな否定と批判精神が生き生きと織り込まれていないのは極めてまれなのである。それに、虚無だけを食って生きている精神は、少くないのだ。

これは重要なことであるが、ラスコーリニコフの犯行で、老婆殺害の目的であるはずの収奪した金銭の利用価値の観念が、何故彼の意識から完全に脱落しているのか、その深い理由をここで押さえることができる。金銭をいかに使うべきか、と言う未来志向の肯定的かつ建設的な課題は、今の彼の意識領域には居場所がないのである。

ここは非常に大切な点である。しかも多くの読者が不注意に読みすごし勝ちなので、大切な個所を引用しておく。

『もし実際あのことがふらふらした衝動でなく、意識的に行なわれたものとすれば――しんじつ、(略) なぜ今まで財布の中をのぞきもしないで、自分の手に入れたものを知らずにいるのだ。いったい貴様はなんのためにかほどの苦痛を一身に引受けたのだ? なんのためにあんな陋劣な、けがらわしい、卑しい行為を意識して断行したのだ? 貴様はたった今あの財布をほかの品と一緒に (ほかの品だってやはり調べて見やしなかった)、水の中へほうり込もうとしたじゃないか…これはいったいなんとしたことか？』

そうだ、その通りだ、何もかもその通りだ。もっとも、これは彼も前から心づいていることで、けっして新しい疑問ではない。すでに昨夜それを決めた時から、なんの動揺も反問もなく、あたかもそれが当然のことで、ほかにはなんともしようがないかのように、思い込んでいたのである……そうだ、彼はそれを意識していた、何もかもわかっていた。それはきのう彼が、トランクの上にかがみ込んで、サックなどを引っ張り出していた瞬間から、ほとんどそう決めていたとさえいえる……全くその通りではないか！

読者はまるで怪談を読んでいるようで、背筋が寒くなるのだが、ラスコーリニコフの現在の精神構造を考えると、これは当然なのである。そして、独白にあるように、彼は初めてそれに正面から顔を突き合わしたのだ。自分の正体はいったい何なのか。虚偽と欺瞞なのか。犯行の前日、この同じ歩道で目撃した哀れな泥酔した少女を救いもせず見放してしまったではないか。正義はどこへ行ったのか。自分は世間の無責任な奴らと同類なのか。

彼は立ち止まろうともせず、歩き続けた。何とかして気を紛らわしたいと思ったが、どうしたらいいか、どんなことを始めたらいいか、見当がつかなかった。ただどうもこうもならない一つの感触が、ほとんど一刻ましに強く強く彼の心を領していった。それは目に触れる周囲のすべてに対する、限りない嫌悪の情であった。それはほとんど生理的のものと言っていいほどで、執拗な、意地悪い、憎しみに満ちたものである。彼は行き会うすべての人が忌まわしかった。彼らの顔、歩きぶり、挙動までが忌まわしかった。もし誰かが話しかけでもしようものなら、彼はいきなりその男に唾でも吐きかけるか、かみつきでもしたかもしれない……

ラスコーリニコフが感じる生理的な嫌悪は、実は自分自身に向けられたものであることは明らかであろう。その強すぎる感情は、内に収まり切れないで周囲に拡散している。幸福と同じく、不幸も他人を巻き込まずにいないのだ。

残念なのは、ほとんどの若者は忍耐に欠け、早急に事が成るのを求めるあまり、青春の破壊的なエネルギーの果実を実らせる者はほとんどいない。ラスコーリニコフの言動を注意してみると、作者が「その上青年の心の中には、毒々しい侮蔑の念が激しくうっ積していたので」と書くように、彼の精神も暗い懐疑と否定に向かっており、不安な苛立ちと焦燥の中で忍耐を欠いている。いうなれば、彼の心の中で否定衝動と無神論が、お互いに刺激し合い、連動して働いている。というより、二つが浸透しあって、一つの情動となっている。従って、ラスコーリニコフの思想とやらを明確に述べようとしても失敗するだろう。彼の精神は、いわば自己破壊の運動であって、読者はその心と感情の動きを彼と共に体感するほかない。言葉で固定した途端、嘘になるようなあるものだ。

しかしここで、彼の不信と懐疑の暗い心の底には、理想と前進の炎が燃えていることを改めて指摘して、それを示す場面の一つを引用しておきたい。それは、彼が警察に自白に赴く途中で、ソーニャの、あなたがけがした大地に接吻しなさい、そして四辻に立って大きな声で世間に罪を告白しなさい、という言葉を思い起こす場面である。

この日ごろ、ことにこの四、五時間の間の、出口もないような悩ましさと不安は、すっかり彼を圧倒しつくしていたので、彼はこの新しい、充実した渾然たる感情の可能性へ飛び込んでいった。それは一種の発作のように、突如として彼を襲い、彼の心の中で一つの火花をなして燃え上がり、たちまち火炎のように、彼の全幅をつかんだのである。そのせつな、彼の内部にある一切が解きほぐれて、涙がはらはらとほとばしり出た。彼は立っていたその場を動かず、地面へどうと倒れた……彼は広場の真ん中に膝をついて、土に面をかがめ、歓喜と幸福を感じながら、その汚い土に接吻した。

このような感情の噴出は、ただ否定と破壊だけに捕らえられた心には起きることはない。この殺人者には、熱い心があるのだ。

さて、何事かを建設するには、否定の暗いトンネルを抜けて、新しい原野に出て汗して耕し、種子を育てなければならない。この仕事は、否定と懐疑とは別の次元の事柄である。「罪と罰」は次の言葉で終わっているのを忘れないでおこう。

しかし、そこにはもう新しい物語が始まっている――一人の人間が徐々に更新してゆく物語、徐々に更生して、一つの世界から他の世界へ移ってゆき、今までまったく知らなかった新しい現実を知る物語が、始まりかかっていたのである。これはゆうに新しき物語の主題となりうるものであるが、しかし本篇のこの物語はこれでひとまず終わった。

(3) ネヴァ河の橋の上で―青春の神秘

盗品をとある裏庭に埋めた後、物思いに沈みながら道路の真ん中を歩いて交通を妨害していたラスコーリニコフは、馬車の御者に背中をムチでどやされる。その光景を目撃した商人の女房は、彼の貧しい様子から宿無しの浮浪者と思い、そっと二十カペイカを握らせた。

彼は二十カペイカ銀貨を手に握りしめて、十歩ばかり歩いてから、宮殿の見えるネヴァ河の流れへ顔を向けた。空には一片の雲もなく、水はほとんどコバルト色をしていた。それはネヴァ河として珍しいことだった。寺院の円屋根《ドーム》はこの橋の上からながめるほど、すなわち礼拝堂まで二十歩ばかり隔てた辺からながめるほど鮮やかな輪郭を見せる所はない。それがいまさんらんたる輝きを放ちながら、澄んだ空気を透かして、その装飾の一つ一つまではっきりと見せていた。鞭の痛みは薄らぎ、ラスコーリニコフは打たれたことなどけろりと忘れてしまった。ただ一つ不安な、まだよくはっきりしない想念が、いま彼の心を完全に領したのである。彼はじっと立ったまま、長い間瞳《ひとみ》を据えてはるかかなたを見つめていた。ここは彼にとって特別なじみの深い場所だった。彼が大学に通っている時分、たいていいつも――といって、おもに帰り道だったが――かれこれ百度ぐらい、ちょうどこの場所に立ち止まって、しんに壮麗なこのパノラマにじっと見入った。そして、そのたびにある一つの漠《ばく》とした、解釈のできない印象に驚愕《きょうがく》を感じたものである。いつもこの壮麗なパノラマがなんともいえぬうそ寒さを吹きつけてくるのだった。彼にとっては、この華やかな画面が、口もなければ耳もないような、一種の鬼気に満ちているのであった……彼はそのつど、われながらこの執拗《しつよう》な謎めかしい印象に一驚をきっした。そして、自分で自分が信用できないままに、その解釈を将来へ残しておいた。ところが、いま彼は急にこうした古い疑問とけげんの念を、くっきりとあざやかに思い起こした。そして、今それを思い出したのも、偶然ではないような気がした。自分が以前と同じこの場所に立ち止まったという、ただその一事だけでも、奇怪なありうべからざることに思われた。まるで、以前と同じように思索したり、つい先ごろまで興味をもっていたのと同じ題目や光景に、興味をもつことができるものと、心から考えたかのように……彼はほとんどおかしいくらいな気もしたが、同時に痛いほど胸がしめつけられるのであった。どこか深いこの下の水底に、彼の足もとに、こうした過去いっさいが——以前の思想も、以前の問題も、以前のテーマも、以前の印象も、目の前にあるパノラマ全体も、彼自身も、何もかもが見え隠れに現われたように感じられた……彼は自分がどこか高いところへ飛んで行って凡百のものがみるみるうちに消えていくような気がした……彼は思わず無意識に手をちょっと動かしたはずみに、ふと拳《こぶし》の中に握りしめていた二十カペイカを手に感じた。彼は拳を開いて、じっと銀貨を見つめていたが、大きく手をひとふりして、水の中へ投げ込んでしまった。それからくびすを転じて、帰途についた。彼はこの瞬間かみそりか何かで、自分というものをいっさいの人と物から、ぶっつり切り放したような思いがした。

「罪と罰」を読んで、この場面を前にしてしばし立ち止まらない読者はいないだろう。ここには凶行前と凶行後の、ラスコーリニコフの心に生じた埋めようのない落差の奏でる悲愴曲が鳴っている。私たち読者はひと時、静かにこの音楽に耳を傾けよう。ここは、この小説で最も美しい場面である。

この一節には、青春という人生の特権的な時期に生きる孤独で不安な魂が、あたかも一幅の絵を見るように描かれている。ラスコーリニコフが二十三歳の青年であるように、このような悲愴曲は、青春期にある若者の心にしか鳴ることはないだろう。ここネヴァ河の橋の上の情景は、はっきりとそう告げている。首都ペテルベルグの壮麗な寺院建築が、口も耳もないうそ寒い怪物に見えるとすれば、それは青年に特有の、歴史と伝統への反逆と断絶感のなす業であろうか。幼い時からその中で育ってきた価値観と信仰への懐疑と反逆、そして自分自身への自負と不安がないまぜになった不可思議な感情。揺りかごから墓場まで人々の生活の隅々まで浸透しているキリスト教から己を切り離したが、いまだ拠って立つべき倫理規範を見出せない浮草のような魂。大学からの帰り道、何回となくこの橋の上に立って体験したそんな孤独な疎外感の内に、のちになって恐ろしい行為に凝結した思想の萌芽があったのだ。しかし、かつてこの橋の上に立って胸中を去来した思想、感情と、あのように醜い結実を見た犯行を、どう結び付けるべきなのだろうか。それは余りにも予期に反した、思いもよらない落差であった。彼は自分に責任があるとはどうしても信じられなかったのである。商人の女房がしてくれたことは、自分が望んでいた行為ではなかったか。今手の中にあって輝いている善意の銀貨は、かつて希望した自身の姿ではなかったか。彼は人の世に善を望んだのだ。それなのに世間と決別しなければならない運命になってしまった。

彼は二十カペイカを河に投げ捨てるほかなかったのだ。

ラスコーリニコフが大学からの帰り道、ネヴァ河の橋の上から眺めた壮麗なパノラマに何とも言えぬうそ寒さを感じたのは、おそらく自分の宿命を予感したという事であった。彼は老婆に偶然出会ったのではない。彼の宿命が老婆との遭遇を生みだしたのである。そして宿命とは、その形成に幾分責任はあるにしても、その大部分は自ら与りしらぬ大きな力によって押し付けられると感じざるをえないような運命的なある物である。それはその人自身の内奥から誕生したかもしれないが、その起源を辿るにはあまりにも遠い記憶にうずもれている或るものかも知れぬ。或いはそれは、文明のたゆみない歩みの落とし子の一つかもしれぬ。そうであってみれば、ここネヴァ河の橋の上で描かれている情景は、ラスコーリニコフに特有の出来事であっただろうか。この場面を読む時、私の胸には次のような思いが去来するのである。

十八世紀イギリスに端を発した産業革命以前、子供たちは今の小学校へ入る年齢になれば、すぐに労働力に組み込まれていた。彼らは父祖伝来の仕事に従事し、一足飛びに大人の社会の住民になっていた。人々は連綿と伝えられてきた敬虔な宗教文化の中で、伝統と風習を守りながら一生を終えていたのである。しかし産業革命の到来とともに、高度な知識と技術が求められるようになると、多くの子供は学校へ通うようになった。そして社会の複雑化と技術革新の進行とともに、学校で過ごす期間は長くなっていった。そこには全く新しい人間関係と自由な空間があった。このようにしてそれまで人が経験したことのない青春という不思議な人生の一時期が誕生することになったのである。思うに近代文明が生み出したこの運命は、あたかもアダムとイヴの楽園追放に似ていたであろうか。人類は新しい未来社会の扉を開ける自由と個人主義の青春時代を作り出したが、それは同時に、平和と安住の故郷を捨て去った、孤独と不安の交錯する近代病の幕開けでもあった。

作者はここネヴァ河の橋の上で、一人の若者の強烈な個性の肖像の一コマを描いているのであるが、読者は時空を超えて、新しい時代の近代社会に生まれた、深く暗い懐疑的な魂を前にしている自分を見出すのである。ラスコーリニコフが眺めたネヴァ河の水がやがて海に流れこむように、彼が壮麗な寺院のドームから体験した不思議な疎外感は、時が移り所が変わっても、多くの多感な青年の心の中に流れる感情であろうか。私はこの一節を読むたびに、ラスコーリニコフの魂から発した訣別の葬送曲が今も少なからぬ青年の心の奥に流れているのを感じるのである。

第三章　検事ポルフィーリイとラスコーリニコフ

（1）検事の洞察

第三篇に読み進むと、検事ポルフィーリイなる人物が初めて登場してくる。ラスコーリニコフは友人ラズーミヒンから、辣腕の評判の検事が自分の事件を担当しているのを知る。彼は不安を抑えきれない。物的証拠は何もないはずだ。しかし彼は、猟犬の嗅覚をもつ者なら必ず嗅ぎ付けるにおいをあちこちで残してきたのだ。検事の人物を自分の目で確かめないことには落ち着かない。彼はラズーミヒンをうまく説得して、検事を訪れる。案の定、慧眼なポルフィーリイは最初の面会でラスコーリニコフの人となりを見抜く。こちらもそれを悟る。恐ろしいことに、ラスコーリニコフは初対面早々、捕食者の蜘蛛の巣にかかったと感じる。検事と青年の間には、いきなり二人だけの緊張関係ができてしまったのだ。二人の対決は、小説家として読者を楽しませる作者の手腕がいかんなく発揮されていて面白いが、おかしなことにほとんどの場面でポルフィーリイが主役でラスコーリニコフは端役に甘んじている。あたかも二人は模擬法廷にいて、一方は身振り手振りで言いたい放題、こちらはやられっぱなしの初心な素人そのままである。実際、第四編、更に第六編で二人の対決が描かれるのだが、いずれの場面でも主役はポルフィーリィなのである。

ここで、先走ることになるが、おそらく作者が考えていたと思われるポルフィーリイの役割について私の意見を述べておきたい。

ドストエフスキーは最初この小説を、主人公の青年が犯行後に事件を回想した告白手記の形で書くつもりだったらしい。この作品に見られるような青年の錯綜した内面劇は、一人称による告白体が最適であると作者は考えたのだろうか。確かに当事者による告白は自己を直接語るには最良の方法であろう。しかしこの形式では、すべての登場人物と出来事はただ主人公の主観を通してのみ描かれねばならず、物語が狭隘な平面的な世界に閉じ込められ、客観的で動的な遠近のあるドラマは成り立たないであろう。作者がそのように考えたかどうかはともかく、この作品は最初の構想から脱皮して三人称の客観劇として見事に完成されたのであるが、作者が当初告白体に拘泥したことを考えると、ラスコーリニコフという個性を三人称体で理解しやすく描くのがいかに困難であったかを物語っている。作者はこの困難を、予審判事ポルフィーリイという人物の創造によって一部解決しようとしたのではないだろうか。

実際、彼はいきなり最初の邂逅で、ラスコーリニコフの全部を見抜いてしまうように描かれている。その性格も思想も、である。彼は遠慮会釈なしに相手の心の中に踏み込み、当人と読者の前に自分の観察をぶちまける。その傍若無人の行きつく所、あたかもラスコーリニコフという誤解されやすい人物を、作者に代わって解説しているかのような印象を受ける。ラスコーリニコフが初めて検事を訪れた時から彼に抜きがたい嫌悪を抱くのは、作者が検事に与えたこのような役回りに起因しているのは明らかだ。ラスコーリニコフは誰にもせよ、自分を理解するなどという人物は許せないのだ。彼には、いかなる人も踏み込めない心の一隅があるという自負がある。彼はソーニャからでさえも理解を求めたのではなかった。耐えられない孤独を幾分かでも和らげてくれる優しさを求めたのである。

慧眼なポルフィーリイは、青年のそうした誇りを見抜いている。それでいて、ラスコーリニコフをして、猫がネズミをおもちゃにするよりひどい扱いをしやがる、と言わせる程ことごとに彼を子供扱いにして怒らせるのは、相手の短気な性格を知った上での作戦のためばかりではない。皮肉と挑発を混えたポルフィーリィの饒舌に惑わされずに注意して読むと、彼の言葉は実に正確にラスコーリニコフの実体を捉えている。検事は、作者はと言ってもよいが、未経験な言動に見られるよりもはるかに深い意味で、ラスコーリニコフは子供だと読者に知らせたいのだ。この青年はいっぱしの理論を考えはしたが、その実行となると稚拙そのものではないか。それに人殺しを計画し実行する時には、誰でも自己防衛の柵をめぐらし、相手を欺くための回り道をするものだが、彼は真正直に一気に最後の一線を越えてしまったのだ。強い自負心、若々しい誇り、それに加えて自分に正直な青年に特有の自己不信がいわば渾然一体となった、子供のような衒いのない性格ではないか。彼は卑劣漢と自嘲するが、自分で考えだした理論に安住できないさ迷う子羊ではないか。最後に会ったとき、検事はラスコーリニコフにこんなことを言う。

あなたはあまりこらえ性《しょう》がなくて、あまり病的ですよ。あなたが大胆で、誇りが強く、まじめで、そして……感じていらっしゃる、あまり感じすぎるくらい感じていらっしゃる、そういうことは、わたしもずっと前からよく知っておりました。こうした色々な感じは、わたしには馴染《なじみ》の深いもので、あなたの論文にしても、わたしはなんだか覚えがあるような気持で読みました。それは眠れない晩、気ちがいみたいに興奮した気分で着想されるのです。胸がおどり高鳴って、圧迫された興奮の中に書かれたのです。

あなたの論文はばかばかしい空想的なものです。しかし、そこにはなんともいえない真摯《しんし》な気持がひらめいています。若々しい不屈の誇りがあります。自暴自棄の勇気があります。

これは幻想的な事件です、陰鬱《いんうつ》な事件です、人心が溷濁《こんだく》し、血で『一掃する』という文句が到るところに引用され、全生活が安逸《コムフォート》を旨とする現代のでき事です。そこには机上の空想と、理論的にいらいらさせられる心があるのです。そこには第一歩に対する決断が見られます。しかし、これは特殊な性質の決断です――まるで山からころげ落ちるような、あるいは鐘楼から飛びおりるような気持で決心したので、犯罪に向かっていくのにも、まるで足が地についていない。

人を殺しておきながら、自分を潔白な人間だと思って、他人を軽蔑《けいべつ》し、青ざめた天使のような顔をして歩き回っている――

検事からこんな総括を聞かされるラスコーリニコフを想像してみるのは無駄ではな

いだろう。すべてお見通しの先生のお説教を聞いているいたずら生徒の様子が浮かんで来る。実際この青年のように、深刻な理念と計画を胸に抱きながら、それとはまるで釣り合わない稚拙なことを実行してしまうことがあるのだ。殺したのはあなただと検事に追い詰められて、こんな場面が続く。

「あれは僕が殺したのではありません」何か悪いことをしている現場を押さえられて、びっくりした小さい子供のような調子で、ラスコーリニコフはささやいた。

これは彼の偽りのない正直な実感であっただろう。原因と結果のあまりの落差に心底驚き、信じられなかったのは彼自身だったのである。しかし検事には動かせぬ確信がある。「いいや、あれはあなたです、ロジオン・ロマーヌイチ、ほかに誰もありません」この時、ポルフィーリイは事件についてまだ何一つ具体的な証拠を手にしていないし、本人から告白も聞いてはいない。しかし彼の言葉は完ぺきなのだ。明らかに彼の言動は知識と職域を逸脱していて、あたかもラスコーリニコフの解説者のようである。
作者は、立派な社会的地位のまだ若い三十五歳の若いポルフィーリイに、最後のほうでこんなことを言わせる。

わたしはもうおしまいになった人間です。そりゃまあ感じもあれば、同情もあり、何かのこともちっとは心得た人間かもしれませんが、しかしもうおしまいになった人間です。ところが、あなたは別ものです。神はあなたに生命を準備してくださすった。

この言葉は私には次のように聞こえる。

わたしはとてもあなたほど一途に青春を生きなかった。わたしには乾坤一擲の勇気がなかった。その報いが仕事で固まってしまった今のわたしなのです。

私たちは検事と共に、青春という人生の一番貴重な時間を、徒手空拳の冒険に懸けたラスコーリニコフを素直に受けいれよう。彼はいかなる思想的、哲学的衣鉢もまとわずに、いかに生きるべきかを真剣に問いかけたのである。彼の思想とやらを勝手に憶測して彼をいっぱしの哲学の徒に仕立て上げるのは邪道であろう。作者は、ラスコーリニコフに一見シビアな態度をとる検事を通して、このことを読者に説いているように思われるのだ。

(2) 恐怖の幻覚

さて、検事との最初の会見のすぐ後で、そうした純朴な心が見る夢が見事に描かれている。私たちは皆子供の時、恐ろしい体験や物語を読んだ後で似たような夢を見た記憶があるはずだ。ここで一休みして、夢を簡単に検証しよう。ラスコーリニコフの心のナイーヴな一面を知る助けになるだろう。

自分の正体を見抜かれたのではないか。不安な気持ちで検事のもとを立ち去ったラスコーリニコフに、謎のような町人風の男が追い打ちをかける。突然、地の底から湧き出たような未知の男は、「お前は人殺しだ」と捨て台詞を投げつけて、呆然と立ちすくむラスコーリニコフを道端に残したまま立ち去って行った。この出来事が引き起こしたショックが、彼を恐ろしい幻覚に導くのだ。彼は部屋に帰ると長椅子に倒れこんだ。ところどころカットした文を引用しよう。

彼は前後不覚になってしまった。で、いつの間にどうして往来のまんなかに立っているのか、覚えのないのが不思議に感じられた。たそがれの色も濃くなり、満月が刻々に冴《さ》えていっていた。人々は群れをなして往来を歩いている。石灰と、埃《ほこり》と、たまり水のにおいがする。彼は何かつもりがあって家を出たので、何かしなければならない、急がなければならない、ということだけはよく覚えていたけれど、それがなんだったか——とんと忘れてしまったのである。ふと彼は立ち止まった。通りの向こう側の歩道に一人の男が立って、彼を手招きしているのを見つけたのである。彼は通りを横ぎり、その男の方へ行った。と、男はふいにくるりと身をひるがえして、まるで何事もなかったように、頭をたれたままふり向きもしなければ、自分で呼んだような素振りも見せず、ずんずん歩き出した。と、十歩も行かないうちに、彼はたちまちその男に気づいて、ぎょっとした。それは例の部屋着を着て、同じように背を丸くしたさっきの町人だった。ラスコーリニコフは少し離れてついて行った。心臓はどきどき動悸《どうき》を打った。町人はある大きな門内へはいった。ラスコーリニコフは急いで門へ近づいた。ラスコーリニコフはすぐさま門の下を通り抜けたが、裏庭にはもう町人の姿が見えなかった。してみると、男はすぐとっつきの階段をのぼって行ったに相違ない。はたして二階ばかり上の方で、誰かの規則ただしい、悠々とした足音がまだ聞こえている。不思議なことには、階段はなんとなく見覚えのあるものだった！　月の光りがわびしげに神秘めかしく、ガラスを通してさし込んでいる。やがてもう二階目だ。やっ！　これは例の職人のペンキを塗っていたアパートだ……どうしてすぐに気がつかなかったのか！　先へ行く人の足音は聞こえなくなった。上の方はなんという静かさ、恐ろしいくらいだ……けれども、彼は進んで行った。彼自身の足音が彼を脅かし、不安にした。ああ、なんという暗さ！

町人はてっきりどこかこの辺の隅に隠れたに違いない。あっ！　例の住まいは階段へ向かったドアをすっかりあけ放してある。そっと爪先《つまさき》立ちで、彼は客間へ通って行った。部屋は一面月の光りにさえざえと照らされている。ここは何もかも元のまだった。大きな丸い銅紅色をした月が、まともに窓からのぞいている。『これは月のせいでこんなに静かなんだ』とラスコーリニコフは考えた。『月は今きっと謎をかけてるんだ』どこまでもしんと静まり返っている！　目をさました一匹のはえが、急に勢いよく飛んだ拍子に、ガラスへぶっつかって、哀れげにぶんぶん鳴き始めた。ちょうどこの瞬間、片隅の小さい戸棚と窓の間の壁にかかっている女外套《がいとう》らしいものが見分けられた。そっと忍び寄ってみると、外套のかげに誰か隠れているらしいのに気がついた。彼は用心深く手で外套をのけてみた。と、そこには椅子が置いてあり、その椅子の上に老婆が腰かけていた。彼はしばらくその前に立っていた。『こわいんだな！』と彼は考えて、そっと輪さから斧《おの》を抜き出し、老婆の脳天目がけて打ちおろした。一度、もう一度。が不思議にも、彼女は斧の打撃に身じろぎさえしない。彼はぎょっとして、なおも近く身をかがめ、老婆をと見こう見し始めた。すると老婆もいよいよ低く頭をたれた。その時彼は床につくほどすっかり身をかがめて、下から彼女の顔をのぞき込んだ。のぞいて一目みると、死人のようになってしまった。老婆は腰かけたまま笑っている——彼に聞かれまいと一生懸命に辛抱しながら、聞きとれないくらい静かに笑っているのだ。ふと寝室のドアがごく細目に開かれて、そこでやはり笑ったり、ひそひそささやいたりしているような気がした。彼は狂憤のとりこになって、力まかせに老婆の頭を打ち始めた。けれども斧の一撃ごとに、寝室の笑声とささやきはますます高く、はっきり聞こえてきた。そして、老婆は全身をゆすぶりながら笑うのである。彼はやにわに逃げ出そうとしたが、控室はもう人でいっぱいだった。階段へ向った戸口は、どこもかしこもあけ放され、階段の踊り場にも、それから下にも——人の頭がうようよつながって、みんなこちらを見ている——しかし、誰も彼もが息をひそめて、無言のまま待っているのだ！……彼は心臓が苦しくなり、足は生えついたように動かなくなった。……彼は声を立てようとして——目をさました。

この夢では、町人、老婆、控室にいっぱいになった人たち、これらは皆、夢を見ている当人の分身である。つまりラスコーリニコフの不安と恐怖の化身であって、ここで繰り広げられる場面は彼の心の赤裸々な告白になっている。何か急いですることがあって家を出た、夢はこんな風に始まる。そうだ、おれの秘密を握っているさっきの町人の正体を突き止めねばならないのだ。夢では欲望がまたたく間に現実になる。向こうの歩道から男が手招きしている、例の町人ではないか。男は大きな門を通って建物の階段を上ってゆく。それは老婆のアパートだった。男の足音が聞こえなくなった。どこかに隠れたようだ。隠れたという事は、ラスコーリニコフの潜在意識下では、どこかで姿を現す予告を含んでいるのである。彼は老婆の部屋へ入って行った。「どうしてあんなところに女外套があるんだろう？」外套をのけると椅子の上に老婆が座っている。彼の犯行を告発した町人は、当の老婆に姿を変えていたのだ。このように、夢は荒唐無稽ではあるが、同時に正確な心理の糸で織られてもいる。彼はオノを振り下ろす。老婆は嘲笑を返してくる。お前さんは自分を手にかけたのではなかったのかい。逆上したラスコーリニコフは力任せに老婆を打つが、一撃ごとに老婆の嘲笑は高まり、それと共に証人となる見物人の数が増えてくる。「人の頭がうようよつながって、みんなこちらを見ている――しかし、誰も彼もが息をひそめて、無言のまま待っているのだ！」こうして夢は、それを紡ぎだした恐怖の出発点に帰ってきたのである。というのも、夢はポルフィーリイと謎の町人にすべてを見通されているのではないかという恐ろしい疑惑が生んだものだからだ。それは彼の不安を鮮やかに描き出したのだ。そこで、何故この夢からもう一つの犯行、リザヴェータの殺害が抜け落ちてしまっているのか、その理由がわかる。何故ラスコーリニコフはリザヴェータを手にかけたことを思い出さないのか。老婆殺害は、彼の頭脳が生んだ思想犯罪であった。ところが犯行の真最中に突然帰宅してきたリザヴェータの殺害は、純粋に本能的な自己防衛の反応だった。思想殺人の指令で動いている彼の複雑な反省意識の中では、リザヴェータの殺害はいかなる現実性も持っていないのである。

第四章　ソーニャへの最初の訪問

（1）

吾胸の底のこゝには
言ひがたき秘密《ひめごと》住めり
島崎藤村

東方の詩人のように、ソーニャの胸にも言い難き秘密《ひめごと》が住んでいた。その秘密を察知したのはラスコーリニコフの胸に住む言い難き悲しみと孤独であり、それを打ち明けるように彼女に迫ったのは、彼の死の秘密がソーニャの生の秘密を求めたからであろうか。彼はいみじくも言う。

僕はずっと以前から、はじめてお父さんがお前の話をした時から、このことを聞かせる人にお前を選んでいたのだ。

屋根裏で憂鬱な思想を追っていたとき、孤独と不安で敏感になった心に、身を犠牲にして家族のために生きる薄幸な娘の姿が、ある予言的な意味を語りかけたとしても不思議ではない。このように、頭脳が織りなすラスコーリニコフの複雑な意識の闇の帳には、時として命の明星が稲妻のように閃くのが見られる。犯行の前に彼を訪れた哀れなやせ馬の夢もそうだった。ここでも同じことが起きている。生の本能がラスコーリニコフの運命を予知しているのが見られる。人の命を奪う魔性の思索の中で、人の命を生かす献身的な生き方に敗北を予感したということだったのだろうか。

もしラスコーリニコフがソーニャに出会っていなければ、彼は自殺で以って人生に終止符を打っていただろう。彼は秘密を打ち明ける相手もなく、巨大な虚無は彼を飲み込んでしまったに違いない。彼は母にも妹にも、誠実な友人ラズーミヒンにも告白できなかった。告白とは、社会の魂が息づいている言葉で自分を語ることである。しかし彼は、人間社会から追放の身分なのだ。一体どうして、母親には息子の、妹には兄の、友人には同胞の言葉で語りかけることができようか。それに、衣服が身体を包んで身体の動きと一体となって、生の吹息を表現するのと同じように、言葉は言わば心が纏う衣装であろう。そのように人は皆衣装で心を飾っているのに、言葉を奪われたラスコーリニコフは人前で裸でいるような屈辱を覚えるのだ。このようにして、彼は同じように社会的衣装をはぎ取られた人、社会的評価がゼロの人を求めたのである。彼は貧しい売春婦にその人を認めた。

言うまでもなく、ラスコーリニコフがソーニャに求めたのはこれだけではない。彼は自分の秘密が人の心を殺すに十分なのを知っている。それを受け止められるほど強く無私な心があるだろうか。彼はソーニャの心を自らの目で確かめねばならない。彼が初めてソーニャの部屋を訪問した様子はこんな風に始まる。

ソーニャは無言のまま、注意深く無遠慮に部屋をじろじろ見回す客を、じっとながめていたが、しまいにはまるで裁判官か、自分の運命を決する人の前にでも立っているように、恐ろしさのあまりわなわな震え始めた。

実際、この男は峻厳な裁判官としてここへやってきたのだ、彼女が本当に自分に必要な人かどうかを見極めるために。ここに描かれたソーニャとの最初の会見では、ラスコーリニコフにこのような切羽つまった自己中心的な意図があるのを、読者はしっかりと頭に入れておかねばならない。そしてそうした意図の人の言動は、しばしば自己本位の独り相撲となって現れるという事も。二人のやり取りの初めの場面である。

彼は彼女の方へ物思わしげな視線を上げた。と、急に初めて、自分は腰をかけているのに、相手はまだずっと立ちどおしでいることに、ふと気がついた。

「なんだって立っていらっしゃるんです？　おかけなさいよ」彼は急に調子を変え

て、穏やかな優しい声でそう言った。

彼女は腰を下ろした。彼は愛想のいい同情のこもったまなざしで、一分ばかり彼女を見つめていた。

思うにこれは、最初の訪問の二人の関係の重要な一面を象徴している情景である。助けを求めている若者ほど利己的な人間はいない。本来の自分に帰れば優しい青年なのに、今の彼には他人の立場を考える余裕などない。売春婦という、ソーニャの苦しい境遇に同情する余裕がない。

こんな会話が続く。


彼はまた部屋の中を歩き出した。また一分ばかり過ぎた。

「毎日もらうわけじゃないんでしょう?」

ソーニャは前よりいっそうどぎまぎした。紅《くれない》が再びさっと顔を染めた。

「ええ」彼女はせつない努力をしながら、ささやくように答えた。

「ポーレチカもきっと同じ運命になるんだろうな」と彼はだしぬけにこう言った。

「いいえ！　いいえ、そんなことのあろうはずがありません、違います！」とソーニャは死にもの狂いの様子で、まるで誰かふいに刀で切りつけでもしたかのように叫んだ。「神様が、神様がそんな恐ろしい目にはおあわせになりません！」

「だって、ほかの人にはあわせてるじゃありませんか」

「いいえ、いいえ！　あの子は神様が守っていてくださいます、神様が！……」と彼女はわれを忘れてくり返した。

「だが、もしかすると、その神様さえまるでないかもしれませんよ」一種の意地悪い快感を覚えながら、ラスコーリニコフはそう言って笑いながら、相手の顔を見やった。

ふいにソーニャの顔には恐ろしい変化が生じ、その上をぴりぴりとけいれんが走った。ことばに現わせない非難の表情で、彼女はじっと彼を見つめた。何かものいいたげな様子だったけれど、一言も口をきくことができないで、ただ両手で顔を隠しながら、なんともいえぬ悲痛なすすり泣きを始めた。

ソーニャを問い詰めるラスコーリニコフには、相手をあざける余裕など少しもないのだ。何故ソーニャはこのような悲惨な、未来に希望のない運命を忍従できるのか、その秘密を知りたいのだが、同時にその生き方に怒りを捨てきれない。彼の思想がそうした盲目的な忍従を許さない。しかしその一方で、自分の怒りに自信が持てない。身を捨てて家族に尽くすソーニャを確信を以って否定できない。ソーニャの生き方には、それを支える自分が知らない強い秘密があるのではないか。そのことを意識するために生じる独り相撲のいらだちが意地悪い態度となって現れるのだろう。彼はソーニャを問いつめているのか、自分を問いつめているのか、判然としなかったにちがいない。ソーニャはそんな事情を知る由もない。世間が歯牙にもかけない私を人間扱いしてくれたのはこの青年が初めてだ。その彼から無情な言葉を向けられるのが限りなくつらいのだ。なぜこの人は私をいじめるのだろう。彼女はその意図が理解できない。

一方ラスコーリニコフは、自分の中のひねくれ小悪魔のなにげない冒瀆の言葉が、思いもよらない衝撃を相手に与えたのを見て驚く。彼は奇跡を見る思いで、泣いていいる哀れな売春婦を眺める。いまどきこんな女がいるとは。それは驚きと畏れの感動であっただろう。

それが次のような行動となったに違いない。


彼は両手で女の肩を押えて、ひたとその泣き顔に見入った。彼のまなざしはかさかさして、しかも燃えるように鋭く、唇はわなわなと激しく震えていた……突然彼はすばやく全身をかがめて、床の上に体をつけると、彼女の足に接吻した。ソーニャは愕然《がくぜん》として、まるで相手が気ちがいかなんぞのように、彼から一歩身を引いた。じっさい、彼はまるっきり気ちがいのような目つきをしていた。

「あなたは何をなさるんです、何をなさるんです？　わたしなんかの前に！」と彼女は真っ青になってつぶやいた。と、急に彼女の心臓は痛いほど強く強くしめつけられた。

彼はすぐ立ち上がった。

「僕はお前に頭を下げたのじゃない。僕は人類全体の苦痛の前に頭を下げたのだ」

彼はなんとなくけうとい声で言い、窓の方へ離れた。

ここで注意すべきは、ソーニャはラスコーリニコフのとっぴの言動に、一片の虚偽も誇張も感じていないという事である。読者はソーニャを信じなければならないのだ。この場面のラスコーリニコフの異常な言動をどう取るか、すべてそれにかかっている。ソーニャは彼のとっぴな行動に不気味な狂気を感じて身を引くが、瞬時に狂気の本当の意味を理解する。それは、この気味悪い青年は限りなく不幸に違いないという動かしがたい直観である。「彼女の心臓は痛いほど強く強くしめつけられた」これが青年の狂的な行動に対するソーニャの答えの全部である。

「僕はお前に頭を下げたのじゃない。僕は人類全体の苦痛の前に頭を下げたのだ」とラスコーリニコフが言う時、お前の苦しみは永遠に続く人類の不幸の大海の一滴だ、俺はその一滴に頭を下げたのだ、という事だろうが、こんな注釈を加える必要はなかった。おそらくソーニャは聞いていなかったに違いない。今、自分の苦痛などはどうでもよい。ソーニャの心には一本の弦しかないのだ。それは目の前の人の不幸に共鳴する弦、その不幸を少しでも軽減したいという行動に直結した愛の弦である。ソーニャはそこに人生の意味を見出す少女である。ソーニャはそのように描かれている。身をすてて売春婦となって、家族を養っているソーニャの生活が、それを語っているではないか。その弦がなるのを聞けるのは、余分な雑念は何一つ持たない心貧しい人だけだ。しかし人殺しの負い目を抱く青年の自己本位な病める心は十分貧しくはなかった。女からすべてを奪わなければ安心できない。何もかも失ってしまった自分と同じように、女を丸裸にして自分と対等にしなければ安心できないのだ。

(2)

ラスコーリニコフは、殺風景な部屋の片隅の箪笥の上に、一冊の露訳の新約聖書が置いてあるのに気づいていた。彼はそれを手に取る。そしてラザロの復活の一節を朗読してくれと強引に女に迫る。こちらは躊躇する。それはソーニャの大切な秘密《ひめごと》だったからである。

聖書の言葉は、耐えられないときに慰めと生きる力を与えてくれる彼女だけの秘密の声だった。このように大切に育んできた声は、彼女だけの独特の感情の色調に染まっているだろう。しかし貧しい少女が大切に育てた花など、世間に何ほどの価値があろうか。それを心無い人の前で白日の下に曝せば、どうなるだろうか。この青年の無信仰の毒の一滴で、たちまち色褪せないだろうか。それは異教徒の前に、無防衛で身をさらすような恐怖だっただろう。

けれども、ソーニャの心にあるのは負の秘密ではない。詩人の胸にあるのと同じ美と真理の秘密である。生きている真理は自らを顕す機会を決して逃しはしない。それに、ソーニャは青年の無遠慮な言動の陰に、それとは破調した何かを求めるような真摯な眼差しを捕えている。ソーニャがその眼差しを、信仰を求める兆候と感違いしたのは当然だった。盲目で信仰のないこの人にも、キリストの奇跡が起きるかもしれぬ。ラザロの復活を目の当たりにして、不信仰なユダヤ人が雷に打たれたようにして信仰に目覚めたように。そんな期待に胸ふくらませて始まったソーニャの朗読は、まさに伝道者の魂の奔流であったが……奇跡は起こらなかった。作者は次のように書くだけである。

ゆがんだ燭台《しょくだい》に立っているろうそくの燃えさしは、奇《く》しくもこの貧しい部屋の中に落ち合って、永遠な書物をともに読んだ殺人者と淫売婦《いんばいふ》を、ぼんやりと照らし出しながら、もうだいぶ前から消えそうになっていた。五分かそれ以上もたった。

作者は「五分かそれ以上」の間に何があったか一切言及しない。明らかに作者は、明確に言葉にしようのない五分間を、読者自身に体感してほしいのであろう。世間から爪弾きにあったソーニャとラスコーリニコフは、誰も入り込めない二人だけの世界を築いてしまった。しかし、二人の間には隙間風が揺曳しているようである。二人の心の合体がまだ完成していないのだ。女は魂の声を伝えた。それはまさに伝道だった。しかし「殺人者」はまだ告白していないのである。この世界の半面はまだ闇の中なのだ。暗い秘密に呪縛されたラスコーリニコフは硬い心を開く決心がつかない。女は惜しみなく与える豊かな母性であるのに、男は狂信者の声しか聴こうとしない。そうは言っても、ろうそくの燃えさしが二人を等しく照らしているように、ラスコーリニコフは初めて、他人と幾分かではあるが心を共有したのである。

新しい、不可思議な、ほとんど病的な感情をいだきながら、彼はその青白くやせて輪郭のふぞろいなこつこつした顔や、ああいう激しい火に燃え立ったり、峻厳《しゅんげん》な力強い感情に輝きうる、つつましやかな青い目や、憤懣《ふんまん》と激昂《げきこう》になおも震えているその小柄な体に見入った。すると、それらすべてのものが、彼の目にいよいよ不思議な、ほとんどありうべからざるもののように思われてきた。

『狂信者だ！　狂信者だ！』と彼は心の中でくり返した。

この短いソーニャのデッサンは、彼女は聖女だと告げているが、ラスコーリニコフが狂信者というならそうしておこう。この気位の高い信仰薄い青年は、救いの天使を求めたのではないのだから。いずれにしろ、自分の狂気をよく知っている青年には、狂信者はふさわしい相手であろうか。

彼の哀しい利己心は、ソーニャに大切な秘密を告白させて、無慈悲にも丸裸にした。それは、天使ではなく、誇りを捨てて自分の秘密を打ち明けられる対等の相手を見つけたという事であった。それがソーニャを初めて訪問した残酷な目的だった。

果たして彼は、ソーニャの高揚した全面的な自己開示から、自分のおぞましい秘密を告白する勇気をもらっただろうか。いずれにしろ、彼が残酷を承知しながら、ソーニャに大切な秘密の告白を強いたのは、自分の告白の布石のためだと悟ったであろう。

第五章　ソーニャへの二回目の訪問

（1）

ラスコーリニコフは、誰がリザヴェータを殺したか、明日お前に話して聞かそうという恐ろしいセリフを残してソーニャの元を立ち去った。彼は、老婆を、とは言えなかった。老婆は己を切り裂いた記憶につながる恐怖の禁句だったからである。

彼はその約束を果たすためにソーニャの下宿先へと向かっている。作者が描く水も漏らさない告白劇をできる限り忠実に追ってみたい。

カペルナウモフの住まいまで来ると、彼はふいに力ぬけがして、心に恐怖を覚えた。彼は『誰がリザヴェータを殺したのかぜひ言わなけりゃならないだろうか？』という奇怪な疑問をいだきつつ、もの思わしげにドアの前に立ち止まった。この疑問は、げにも奇怪なものであった。なぜなら、彼はそれと同時に、単に言わずにいられないのみならず、たとえ一時にもせよ、この瞬間を延ばすことさえ不可能なのを、はっきり感じたからである。しかし、彼はまたなぜに不可能なのか知らなかった。ただそう感じただけである。そして、この必然に対して自分が無力であるという悩ましい意識が、ほとんど彼を圧倒しつくすばかりであった。

ソーニャの下宿まで来たとき、以上のような事態がラスコーリニコフを襲ったのである。何故、老婆殺害を告白することが、猶予さえ許されない必然と感じられるのか。またなぜ力抜けがして心に恐怖を覚えたのか。ここには二つの相反する力が働いている。一つは、生の本能である。彼はソーニャに罪を告白して、心の絆を回復しなければ、人の世に生きていけないのを本能的に直感する。彼がソーニャに大切な秘密を打ち明けるように迫ったのは、おのれの死の秘密を受容してくれる相手に出会ったという事ではなかったか。そうであれば、今度は自分の死の秘密を打ち明けなければ、ソーニャとの出会いの意味は成就しないはずだ。命の本能は猶予を認めない。今すぐ告白せよと迫るのである。彼は「この瞬間を延ばすことさえ不可能」と感じるのだ。

今一つは、犯行直前の彼にどんなことが生じたか思い出さねばならない。

彼は死刑を宣告された者のように自分の部屋へはいった。何一つ考えなかったし、また考えることもできなかった。ただ突然、自己の全存在をもって、自分にはもう理知の自由も意志もない、すべてがふいに最後の決定を見たのだ、という事を直感した。

過去を語るとはそれを追体験することである。告白の意図でソーニャのもとに向かっているラスコーリニコフに、犯行の時と同じことが起きているのだ。では、ラスコーリニコフにとって告白とは、あの時と同じように再び猶予なく老婆を手にかけることなのか。ふたたび己に向かってオノを振り下ろさねばならないのか。まさにその通りである。「彼は不意に力抜けがして、心に恐怖を覚えた」とあるように、あの事件を語ろうとするラスコーリニコフに事件の亡霊が取り付いたのだ。

彼はソーニャに告白しようとするが、言葉がまるで用をなさない。あの事件は人の言葉では語れないのを知る。彼は首をたれる……

> とふいに、ソーニャに対する刺すような怪しい憎悪の念が、思いがけなく彼の心を走り流れた。彼はこの感情にわれながら驚きおびえたかのように、とつぜん頭を上げて、彼女の顔をひたとみつめた。けれども彼は、自分の上にそそがれている不安げな、悩ましいほど心づかいに満ちた彼女の視線に出会った。そこには愛があった。彼の憎悪は幻のごとく消え失せた。あれはそうではなかった。ある一つの感情をほかのものと取り違えたのだ。それはつまり、あの瞬間が来たことを意味したにすぎないのだ。

あの瞬間とは、老婆に向けたオノが己を切り裂いた瞬間である。今となってみれば、殺人も盗品も無意味なってしまった瞬間、世界が意味を失ってしまった瞬間である。彼はソーニャの前に自分の虚しさをさらさねばならないのか。自分の空虚に直面しなければならないのか。彼はその屈辱を自分に強いるソーニャに「刺すような怪しい憎悪の念」を感じる。しかし彼は間違っていた。老婆の亡霊を、ソーニャと取り違えたのだ。

彼はふたたび両手で顔をおおい、頭《こうべ》を低くたれた。と、ふいにさっと青くなって椅子から立ち上がり、ソーニャをちらと見やったが、なんにも言わず、機械的に彼女の寝台にすわり直した。

この瞬間はラスコーリニコフの感覚の中で、彼がかの老婆の後ろに立ち、斧《おの》を輪さからはずしながら、もう『この上一分もゆうよできない』と感じた瞬間に、恐ろしいほど似通っているのであった。

彼はソーニャに何か言おうとするが、唇は力なくゆがむだけである。彼は、告白の冷たい刃は罪を浄化するどころか、空《くう》を切って己の身を切り裂くのを予感する。今まさに頭上にオノが落下するのを知っている死刑囚に、言葉を発する余裕などあるだろうか。彼は、夢にうなされているかのように、うわごとを言うしかない。

「その男はあのリザヴェータを……殺そうとは思わなかったんだ……その男はあれを……ほんのはずみで殺したのだ……その男は婆《ばば》あだけを殺そうと思ったのだ……婆あが一人きりの時に……そして、出かけて行ったのだ……」

ソーニャはほとんど聞いてはいない。ただ恐怖のあまり身を固くして、魅入られたように男の顔を凝視している。

彼はソーニャを見た。と、せつなその顔に、リザヴェータの顔を見たような気がした。あの斧を持って近づいて行った時、あの時のリザヴェータの顔の表情を、彼はまざまざと思い浮かべた。小さな子供が急に何かに驚いた時、自分を驚かしたものをじっと不安そうに見つめて、ぐっと後ろへ身を引きながら、小さな手を前へ差し出して、今にも泣き出しそうにする——ちょうどそういったような子供らしい驚《きょう》愕《がく》の色を顔に現わしながら、リザヴェータは片手を前へかざして、彼を避《よ》けるように壁ぎわへあとずさりした。ほとんどそれと同じことが、今のソーニャにくり返されたのである。同じように力なげな風で、同じような驚愕の表情を浮かべながら、彼女はしばらく彼をじっと見ていたが、ふいに左手を前へ突き出し、きわめて軽く指で彼の胸を押すようにして、だんだん彼から身を遠のけながら、じりじりと寝台から立ち上がった。彼の上に注がれた視線は、いよいよ動かなくなった。彼女の恐怖は突如、彼にも伝染した。全く同じ驚愕が彼の顔にも現われた。全く同じ様子で彼も女の顔に見入った。そして、ほとんど同じような子供らしい微笑さえ、その顔に浮かんでいるのであった。

「わかったね？」ついに彼はこうささやいた。

「ああ！」と彼女の胸から恐ろしい悲鳴がほとばしり出た。

彼女は頭を枕にうずめるようにしながら、ぐったり力なげに寝台の上へ倒れた。

けれど、すぐにさっと身を起こして、つかつかと彼の傍へ寄ると、その両手をつかみ、しめ木にでもかけるように、その細い指でひしとばかり握りしめながら、またもや釘《くぎ》づけにされたように、身動きもせず、彼の顔をみつめにかかった。この最後の絶望的なまなざしで、彼女はせめて何か最後の希望らしいものを見つけ出し、それをとらえようと試みたのである。が、希望はなかった。疑惑は毫《ごう》も残らなかった。すべてはそのとおりであった！


これは言葉の告白ではない。ラスコーリニコフはソーニャに、俺の顔を見てみろ、と言っただけだ。そしてソーニャに犯罪を確信させ、恐怖で麻痺させたのは、告白者の顔だった。ではソーニャはどんな恐ろしい顔を見たのか。それは、突然帰宅したリザヴェータに、自己防衛の本能でオノを振り下ろした時の鬼のような恐ろしい顔ではなかったはずだ。今彼が告白しようとしているのは、普通の人間的動機を欠いた老婆の殺害なのだ。

そこには普通の殺人者の顔にあらわれる憎悪も怒りも敵意も、悔恨すらなかった。ソーニャが彼の顔に見たのは、彼が老婆を手にかけた時と同じ一切の人間的表情の不在だった。そこには、深淵を覗き込んだ時のような不気味な沈黙があった。背筋の凍るような能面の死の表情があった。それは思想の放つ死臭だった。「希望はなかった。疑惑は毫《ごう》も残らなかった。すべてはそのとおりであった！」と作者が書くとき、私たちはソーニャにならってラスコーリニコフの顔に見入らなければならない。そうすれば、ソーニャが彼の顔に見たのは、殺人犯でありながら己れのオノの犠牲者でもある死人の表情であったとわかるだろう。そしてそれを見て、ソーニャに取り憑いた恐怖がラスコーリニコフに感染したのもうなずけるだろう。このようにして、二人が共に同じ恐怖の中で一体になった不思議な瞬間が理解できるだろう。

(2)

不思議でもなんでもないが、人を結び合わすのは愛だけではない、恐怖にも同じ働きがあるのだ。それは場合によっては愛より強いかもしれない。ソーニャがラスコーリニコフの求めに応じて聖書の朗読をした時、彼女の望みに反して二人の間には不協和音が鳴っていた。ところが今度は一時的にもせよ、恐怖が二人を合体したのである。

しかし彼はそこで立ち止まるわけにはいかない。何故老婆を殺したのか、その理由をソーニャに説明しなければならない。ソーニャはそれを待っている。ソーニャの行動と結びついた愛がそれを要求するのだ。ラスコーリニコフがソーニャに聖書の朗読を強要した時、彼が抱いていたのと同じ真摯な気持ちで、彼女はそれを待っている。あの時、彼女は青年の真剣なまなざしを受け止めて、信仰と生きる希望を与えようとした。いま彼女は必死に彼の救いを探そうとしている。殺人の罪を幾分でも許せるような動機があったのではないか。そんなソーニャを、大きな不安と疑惑の中に放っておくわけにはいかない。しかし彼が苦しい試行錯誤の後で口にしたのは、彼女の期待を裏切るものだった。

自分は大学を続けるための学資が欲しかったのではない。母と妹を貧困から救いたかったのでもない。自分はこの世に何の足跡も残さず、ただ生きて死ぬだけの無数の有象無象か、それとも凡人を踏み越えて進むことができる非凡人か、それを知りたかったのだ。

確かにそうだったのだろう。しかしラスコーリニコフは、人が理解できる言葉で自分を語ることはできまい。彼は何一つ建設したのではないからである。彼は、暗い魔的な情念の世界を生きてきたのだ。彼はいまだ核に結実しない、不安定で非建設的な渦巻の中に身を置いてきたばかりなのだ。作者のいう「新しい現実を知る物語」はまだ始まっていないのだ。

彼はソーニャに言う。

「頭脳と精神のしっかりした強い人間は、彼らの上に立つ主権者なのだ！　多くをあえてなしうる人間が、群衆に対して権利を持つんだ！　より多くのものを無視しうる人間は、群衆に対して立法者となるのだ！

権力というものは、ただそれを拾い上げるために、身を屈することをあえてする人にのみ与えられたのだ。そこにはただ一つ、たった一つしかない――あえてしさえすればいいのだ！　……

で、僕は……僕は……それをあえてしたくなった、そして殺したのだ……僕はただあえてしたくなっただけなんだ、ソーニャ、これが原因の全部なんだよ！」

この言辞が現しているのは、着想した時の心の興奮と躍動、それだけである。大地に着地してからの地に足がついた努力の覚悟ではなくて、出発の時の、一時的な衝動的でもあり魔的でもある興奮、それだけである。そもそも、時間と忍耐、そして社会の合意を必要とする権力を獲得すという社会的行動を、あたかも瞬時に達成できるような個人プレーにすりかえてどうしようというのか。ラスコーリニコフの本質を見抜いたのは曇りのないノーニャの眼であった。

「あなたは神様から離れたのです。それで神さまがあなたを懲らしめて、悪魔にお渡しになったのです！……」

まことにその通りである。しかしラスコーリニコフは言いたいであろう、確かに俺は悪魔の罠にはまってしまった。しかし世間の奴らが悪魔に喰われないのは、単に何もしないからではないか。一体誰が俺を裁く資格があるのか。

おお、五カペイカ銀貨ほどの値打ちしかない否定者や賢人たち、なぜ君らは中途半端なところで立ちどまるのだ！

これは彼の肺腑の言葉であった。

しかしソーニャには、ラスコーリニコフの矜持よりももっと大切なものがある。彼の魂を救わねばならない。彼を真実の正道に立たせねばならない。

今すぐ行って、四つ辻《つじ》にお立ちなさい。そして身をかがめて、まずあなたがけがした大地に接吻《せっぷん》なさい。それから、世界じゅう四方八方へ頭を下げて、はっきり聞こえるように大きな声で、『わたしは人を殺しました！』とおっしゃい！

ラスコーリニコフの自尊心はそれを受け入れようとしない。自首するとは、彼の言う世間の奴の前ではなく、神の前で罪の穢れを落として身を清めることである。それ以外に彼の魂を救う方法はない。それなのに無信仰の彼を説得できない悲しみが彼女を圧倒するのである。行き先を失ったソーニャの愛は、二人を荒涼とした岸辺に連れ去ってしまった。

彼らはさながら嵐の後に、ただ二人荒涼たる岸へ打上げられた人のように、わびしげに悄然《しょうぜん》と並んで腰かけていた。彼はソーニャをじっとみつめていた。そして、彼女の愛がいかばかり豊かに、自分の上に注がれているかを感じた。と、不思議にも彼は突然、それほどまでに愛されているということが、苦しくも切なく感じられた。そうだ、それは奇妙な恐ろしい感触だった！　ソーニャのところへ来る道々、彼は自分の希望と救いが、あげてことごとく彼女にあるような感じがしていた。彼は自分の苦しみを一部だけでも、軽くしてもらうつもりでいたが、今や忽然《こつぜん》、彼女の心がことごとく自分に向けられたのを知ると、彼は急に前よりも限りなく不幸になったのを感じ、意識したのである。

ソーニャの愛はただただ実行の愛であった。ラスコーリニコフはソーニャから同情を得て、苦悩の一部を軽減するつもりだった。しかしソーニャの愛はそのような中途半端を許さなかった。彼女の全面的な自己放棄の実行の愛を、こちらは受け入れる術がない。実行の愛に対して、実行で答える心がない。ラスコーリニコフにとって、ソーニャの愛はあたかも異物が体の中へ侵入してくるかのような奇怪な感触だった。

こうなっては、戦いに敗れた兵士のように、二人はその場に座り込むしかなかったのである。この責任はひとえに男の哀しい狭量にある。それを見つめる作者の眼は微塵の曇りもなく峻厳である。天才が描く、ソーニャのもとを立ち去った直後にラスコーリニコフの心に生じた不思議な現象を追う事にしよう。

（3）

ソーニャと別れて、彼は下宿に帰ってきた。

ラスコーリニコフは自分の小部屋にはいり、そのまんなかに立ち止まった。『なんのために俺はここへ帰って来たのだろう？』彼は例の黄ばんだ傷だらけの壁紙や、埃《ほこり》や、例の長椅子などを見回した……内庭の方からは何かの鋭い物音が、絶間なく聞こえていた。どこかで何か釘《くぎ》でも打っているような風である……彼は窓ぎわへ行って爪立《つまだ》ちしながら、異常な注意集中の表情で、内庭の中を目で捜してみた。けれど、内庭はがらんとして、たたいている人の姿は見えなかった。左手の離れには、そこここにあけ放した窓が見え、窓じきりの上には、貧弱な銭あおいの植わった鉢がおいてあった。窓の外には洗濯物が干してある……こんなものは皆そらで知っていた。彼はくるりと向き直って、長椅子に腰をおろした。

彼はこれまでかつてあとにも先にも、かばかりの恐ろしい孤独を感じたことがなかった！

ソーニャに告白した後で、こんな事が彼に生じたのである。告白する前は、彼はいわば自分だけの隔絶された秘密の孤独の世界に住んでいた。秘密の分厚いガラスは、気球のように彼を閉じ込めていた。どこへ行こうと、だれに接触しようと、相手が住んでいる現実世界は、気球から眺めるように距離を置いて見えた。いわば世間を、秘密の小部屋の窓から眺めていたのである。しかし告白は秘密の気球のガラスを粉々に破壊してしまった。彼はいやおうなしに、現実世界へ放り出されたのである。今彼が立っている小部屋は、あの思想を生み出した彼だけの秘密部屋ではない。ソーニャに秘密を打明けて帰ってきた彼の小部屋は、いまや日常の用を足すためのただの薄汚い生活空間である。彼は自問したであろう、一体こんな場所が俺に何の用があるのだろうか、と。彼は日常の人の世界に帰ってみて、自分がまるきり無用の存在であることを発見して慄然とする。

万物に霊魂が宿るとするアニミズムは、原始人類の遺物であるどころか、その原理は私たちの生活感情の根底にしっかりと息づいていたのだ。人間世界に何の用もないラスコーリニコフが放り出されたのは、洗濯物さえ何も語りかけてこない、無意味な恐ろしい世界であった。それればかりではない、彼はソーニャの愛に対しても、まったくなす術を知らない無用の存在ではないのか。そうだ、彼は文字どおり竜宮城から帰ってきた浦島太郎なのだ。周りにあるもっともありふれた日常の物象が、あてにしていたソーニャまでもが、まったく無意味な謎になってしまったのである。

こうなっては、自殺するか、屈辱をしのんで自首するか、ラスコーリニコフには二つの道しかない。そこに彼を追いつめたのはソーニャかもしれぬ。彼女の愛はいかなる妥協も許さなかった。人を殺したからには身をもって償わなければならぬ。殺人者を愛したからには、その人に真実の道を示し、その人と運命を共にしなければならぬ。たとえシベリアへでもついていく。これがソーニャの愛であった。しかしラスコーリニコフには、それを受け入れる心の準備がなかったのである。ちょうど、母親の手紙の大きな愛を前にして、逃げ出すしかなかったように。

さてラスコーリニコフは、なぜ自殺ではなく自首を選んだのだろうか。

彼はソーニャの愛を受け入れる事はできなかったが、その愛は自分の思想には大きな虚偽が潜んでいるのを知らしめたにちがいない。自分の無神論、彼の所詮「より多くのものを無視しうる人間」という傲慢には、深い虚偽があるのを知らしめたにちがいない。それは果実を結ばない不毛の理念だと知らしめたにちがいない。

彼は不信の中で死ぬことはできなかったのだ。

エピローグ

この小説には実に多彩な人物が登場する。主人公の友人ラズーミヒン、妹ドゥーニャ、マルメラードフ、その妻カチェリーナ、判事ポルフィーリイ、ルージン、レベジャートニコフ、スヴィドリガイロフ、等々。彼等は皆、割り当てられた時間を精一杯使って、独自の個性を高らかに独唱している。彼らは人間味あふれる光で、ラスコーリニコフという暗黒の森を照らしている、読者が、ここは死の世界ではなく、人間が住む所だと信じて歩んでいけるように。カチェリーナなどは劇中劇さながらだ。この不幸な女の演じる人生は、しばしラスコーリニコフを忘れるほどの迫力だ。彼女の死の場面で、思わずため息をつかない読者はいないだろう。

「たくさんだ！……もうおさらばをしていいころだ！……さようなら、ソーニャ、お前も苦労したねえ！……みんなで痩馬を乗りつぶしたんだ！……もう精も根も尽きはーてーた！」

もしカチェリーナとその子供たちに、身も心も献身してくれるソーニャがいなかったならば、この不幸な女は恐ろしい無神論者になっていたに違いない。

ただ独唱という表現を使ったのは、ソーニャと検事ポルフィーリイは別として、誰一人として主人公の青年の心の中へ一歩踏み込む事さえ許されていないからだ。彼は母や妹にさえ緊張と警戒を解くことはなかった。さらに、この事は親友のラズーミヒンにはっきりと表現されている。彼ほどラスコーリニコフに親密に接して、その関わり合いが生き生きと活写されている登場人物はほかにいない。しかし彼の目は常に自己の外に向いていて、内面に向くことはほとんどない。つまり、ラスコーリニコフがときに見せる異常な言葉の端々、その何かを隠しているような振舞い、老婆事件について彼がときに見せる脅えたような不可解な態度、これらについてラズーミヒンはどう感じているのか、読者は知らされることはないのである。母と妹が上京して、ラスコーリニコフは思いもかけず彼女らと顔を突き合わす。彼は驚いて卒倒する。そばにいたラズーミヒンはこの時、この異常な事態をどう受け止めたのか、作者は一言も話さない。この聡明で誠実な友人は、ラスコーリニコフとの関係では、彼の外側を忙しく動き回るだけで、ラスコーリニコフと自分自身の内面には目隠しをされている道化の役割を演じているのだ。

なぜラズーミヒンは、親友の内面に踏み込むのを禁じられているのか。おそらくそうするには、友情では足りないという事であろう。ラスコーリニコフの地獄へ足を踏み込むには、友情以上の自己放棄のかかわりが必要なのだ。この物語に、二人のソーニャは要らないのである。

ただ一人異色の人物がいる。その男、スヴィドリガイロフとの関係ではラスコーリニコフに或る転調が起きている。心を開くというのではないが、ほかの人には無い自主的な接近が生じている。そこで、この男について数語費やしておきたい。

注意して読むと、スヴィドリガイロフは自殺の思いを胸にして、田舎からペテルブルグへ出て来ているのが分かる。この意図は、ドゥーニャに拒絶された後ピストル自殺となって実現するのだが、このように自殺の思いを引きずっているために、この男の存在感が定まらない原因になっているようである。これは恐らくこの男の個性が前面に出すぎて小説に混乱が起きないための作者の配慮であろう。というのも、彼はラスコーリニコフと対極的な存在だからだ。

ラスコーリニコフは神に反逆する思想を実践した。ところがスヴィドリガイロフには、神はもとより存在しない、それは単に非存在にすぎないのだ。良心と社会に追い詰められて、行き場所を失ったラスコーリニコフが、いっとき彼に引かれたのは、彼のこの世ならぬ善悪の彼岸に立った生き方だったに違いない。しかしラスコーリニコフは間違っていた。スヴィドリガイロフにはいかなる精神的権威もなかった。ドゥーネチカは彼の人格が破滅的なのを見抜いていた。彼は人生を送るうえで依拠すべき道徳基準も、価値観も理想も持たなかった。彼がラスコーリニコフの犯罪を知りながら告発しなかったのは、そうするべき内発的動機を欠いていたからである。彼は故国を失った浮浪難民だった。彼が住む所は、自由な生き方があるどころか、自由意志が全く意味を失う不毛の世界であった。
彼は来世についてこんなことを言う。

我々は現にいつも永遠なるものを不可解な観念として、何か大きな大きなもののように想像しています！　が、しかし、何故必ず大きなものでなくちゃならんのでしょう？　ところが、あにはからんや、すべてそういったものの代わりに、田舎の湯殿みたいなすすけたちっぽけな部屋があって、その隅々に蜘蛛が巣を張っている、そして、これがすなわち永遠だと、こう想像してごらんなさい。実はね、私はどうかすると、そんな風なものが目先にちらつくことがあるんですよ。

このような不気味な言葉を、彼の気味の悪い容貌を思い浮かべながら読んでみるがよい。あのフィヨードル・カラマーゾフの常軌を逸した好色の世界が、すぐ身近に感じられるだろう。
それは何となく仮面を思わせる奇怪な顔だった。唇は鮮やかな紅色をして、あごひげは明るい亜麻色を帯び、同じく亜麻色の髪はまだかなり濃く、ばら色の頬をした色白な顔である。目はなんだか少し青すぎて、その視線は何かあまりに重苦しく、じっと動かなさすぎた。年にしてはずば抜けて若々しく見える美しい顔には、なんだか恐ろしく不愉快なところがあった。

彼は理想と美の意識さえ持たない精神的不具者だった。悩み追い詰められたラスコーリニコフには、このような男の、理想と美が消滅した虚無的で好色な世界が、一つの出口と映ったのだ。しかしそれは一時的な心の迷いだった。その男は人を救うどころか、自身滅びたる人だった。彼が自殺したのは、ドゥーニャの愛を得られなかったからだが、もっとはっきり言うと、ドゥーニャに拒絶された事で、自分の実体が白日の下に晒されたからである。

実の所、ラスコーリニコフは自らが招いた地獄から生還する為には、他人は無力である、自らが新しく生まれ変わる外に道はないと知っていたはずである。彼はそれをソーニャから学んだはずである。ソーニャの愛を受け入れ、人を信じる人間に新生しなければならないと知っていたはずである。

しかし彼の心の闇は余りにも深い。そこで天は彼に夢を用意した。その一つは犯行の直前、ペトローフスキイの藪の中で見た哀れな老馬の夢だった。現実との驚くべき一致と微細を極めた内容は、その夢が錯乱した頭脳の幻想ではないのを証明していた。それは生命の真実の声だった。夢の中の少年は、ラスコーリニコフの良心そのものだった。恐ろしい事に、この時の夢は、目ざめている間の生活こそが、頭脳の見る悪夢であるとラスコーリニコフに告げるはずであった。乾草広場《センナヤ》での偶然の出来事がなかったら、彼は悪夢から解放されたはずだった。

ラスコーリニコフがシベリアの監獄に収容されて“自由になった時”、すなわち社会の片隅に居場所を与えられて、心に余裕ができた時、自主性を取り戻して過去を振り返った時、出発点となった信念の誕生の時の興奮に思いをはせたのは当然だった。あれは新しい真実へ向かう躍動ではなかったか。あれが悪魔の誘惑であったはずがあろうか。自分は人類の進歩の原理を、その最も純粋な形に還元したのだ。だれよりも良心に近付いて問いかけたのだ。

たけり狂った良心と傷ついた誇りで、彼は病気になる。その傷心に答えるかのように、監獄病院のベッドに臥すラスコーリニコフに、天は再び夢を与える。それは、彼が抱懐した思想が行き着く人類滅亡の詳細を描き出したが、その一つ一つが、打ちのめされた彼の心に教訓を語りかける不思議な夢だった。この驚くべく入念に創案された夢は誰の作品だろうか。彼の心の奥に住む彼本来の人格が、物語の最初から刺繡していたのではないだろうか。ここにきてそれが意識上に現れたのは、新生活を始める時期が熟したという事であっただろう。彼は己の思想に決着をつけたのでもなければ捨てたのでもない。尤もらしい理論を編み出してしくじったのであれば、捨て去ることもできただろう。しかし彼はいかなる理論の武装もなしに、人生の価値を、いかに生きるべきかを真剣に問うたのである。彼は潔癖だったのか、傲慢だったのか。恐らく両方だったろう。それに無神論と不信仰の時代が始まっていた。彼はその不信仰を誰よりも素直に受け止め、かつ正直に傷ついたのである。そのためあまりにも孤独な思索に閉じこもり、他人と心を分かち合うことをしなかった。このため彼が一見極端な個人主義と呼ぶしかないような袋小路に追い詰められた悲劇は、読者が見たとおりである。しかしそれは、彼の精神の強い忍耐と誠実が真の原因であった。

自尊の念の強いラスコーリニコフは、認めたくないかもしれないが、自殺せずに自首を選んだのは、不信の心の奥深くにソーニャの愛と命の声の余韻が響いていたからであっただろう。かくて彼はかろうじて自首してシベリアへ送られた。否応なく今までとは違った生活が始まったのである。新生活が到来したからには、古い自分を克服しなければならない。心の中で、不吉な夢がいつまでも反響を続けるのは、惜別の声であろうか。ともあれ彼の長い旅は終わった。

あとがき

「罪と罰」を初めて読んだのは大学一年の時だ。それ以来少なくとも五、六回は読んでいるだろう。その読書体験を基に、月刊誌「文芸日女道《ひめじ》」に『「罪と罰」読書ノート』を約一年連載したが、この度それに推敲を加えて、この作品を出版することにした。

このエッセイは、一読書人の、「罪と罰」という小説の純個人的な読書感想文である。それ以外は何もない。ほかの批評家の意見への言及もなければ、時代背景への考察もない。そもそもの初め、人は白紙の状態で読書の喜びを知り、後になっては他者の意見に耳を傾けつつも、結局は己独自の感動を以って読書を終えるものとすれば、私のこのエッセイは、読書の原初の姿そのままといっていいだろう。こんな「罪と罰」論もあっていいのではないか。

この作品を書くよう励ましてくださった故市川宏三先生、ご丁寧な推薦文をくださった下原敏彦先生、作品の制作にご尽力をいただいた編集工房ノアの涸沢純平氏に厚くお礼を申し上げます。

二〇一五年十一月

坂根　武

再版あとがき

『わが魂の「罪と罰」読書ノート』を去年出版して以来、読み返すたびに舌足らずが目について、不満が募っていた。そこで思い切って補正することにした。「罪と罰」のような作品は、尽きせぬ泉であるが、水を汲んでいるうちに自分の力量が見えてくる。自分なりに全力を尽くした達成感の一方で、まだ底は遥か下のほうにあるという不安のほうが大きい。しかし同時に、このような一流の文学作品に取り組んで自己表現をする機会を得たことは、何物にも代えがたい貴重な経験で、感謝の思いでいっぱいである。

初版のあとがきにも書いたが、このエッセイは、一読書愛好家の純個人的な読書感想文である。作品の時代背景の考察も、名のある批評家の意見への言及もない。その意味では極めて一途な飾りのない素朴なエッセイである。このスタイルを、寛容の心でそのまま受け入れて下されば、この上ない幸せである。

二〇一六年十月

坂根　武

坂根　武（さかね・たけし）
一九四二年（昭和十七年）兵庫県姫路市生まれ。
同志社大学文学部英文科卒　元高校教師。
「三田文学」会員、同人誌「文芸日女道」同人
「読書会通信」会員。
二〇一六年、黒川録朗賞受賞

わが魂《たましい》の「罪《つみ》と罰《ばつ》」読書《どくしょ》ノート
二〇一五年十二月二十日初版発行
二〇一六年十二月一日再版発行
著　者　坂根　武
発行者　涸沢純平
発行所　株式会社編集工房ノア
〒五三一—〇〇七一
大阪市北区中津三—一七—五
電話〇六（六三七三）三六四一
FAX〇六（六三七三）三六四二
振替〇〇九四〇—七—三〇六四五七
組版　株式会社四国写研
印刷製本　亜細亜印刷株式会社
© 2016 Takeshi Sakane
ISBN978-4-89271-246-3
不良本はお取り替えいたします

表示は本体価格

象の消えた動物園　鶴見　俊輔

私の目標は、平和をめざして、もうろくするということです。もっとひろく、しなやかに、多元に開く。2005〜2011最新時代批評集成。　二五〇〇円

再読　鶴見　俊輔

〔ノア叢書13〕零歳から自分を悪人だと思っていたことが読書の原動力だった、という著者の読書による形成。『カラマーゾフの兄弟』他。　一八二五円

窓開けて　杉山　平一

日常の中の詩と美の根元を、さまざまに解き明かす。明快で平易、刺激的な考え方や見方がいっぱい詰まっている。詩人自身の生き方の筋道。　二〇〇〇円

詩と生きるかたち　杉山　平一

いのちのリズムとして詩は生まれる。詩と真実を語る。大阪の詩人・作家たち、三好達治の詩と人柄。花森安治を語る。丸山薫その人と詩他。二二〇〇円

軽みの死者　富士　正晴

吉川幸次郎、久坂葉子の母、柴野方彦、大山定一、竹内好、高安国世、橋本峰雄他、有縁の人々の死を描く、生死を超えた実存の世界。　一六〇〇円

碧眼の人　富士　正晴

未刊行小説集。ざらざらしたもの、ごつごつしたもの、事実調べ、雑談形式といった、独自の融通無碍の境地から生まれた作品群。九篇。　二四二七円

刻《こく》のアラベスク　山田　英子

様々な異国への旅。音楽、美術、文学への幅広い関心。生活の一つ一つに注ぐ眼。信頼と愛にあふれた、ゆたかで深い極上のエッセイ集。　二〇〇〇円

刻《こく》を紡ぐ　山田　英子

わたしの姫路、家族への想い、オランダ生活、ゴッホへの旅、好奇心旺盛な日々の出会い、豊かに生きる刻の交響楽。かけがえない刻を紡ぐ。二〇〇〇円

穣治君への手紙　高橋　夏男

くるま椅子の詩人の青春　生きるよろこびをかみしめ詩にたくす「いのちのふるえ」。31歳で逝った詩人阪口穣治の至純な魂の輝き。　二〇〇〇円

英国の贈物　河崎　良二

『メアリー・ポピンズ』の神秘、ハーンの夕焼け、ナルニアの街灯、新渡戸稲造の内なる光、ブレイクの象徴絵画、チャプリンの風刺の笑い。二〇〇〇円

芸術の深層　廣田　正敏

自己の生存の証としての本能的な営み。人間の心理の奥底に渦巻く創作の深層部の自我。個人を越えた意思の反映。作家の内面、真実を解く。一九〇〇円

E・パウンドとT・S・エリオット
――技法と神秘主義　田中　久子

「私は一本の木だ」という表現方法自体が、即、内容であり、原体験の浄化につながっている。瞬時における感覚と思想の統一は両者に共通。二〇〇〇円

マビヨン通りの店　山田　稔

ついに時めくことのなかった作家たち、敬愛する師と先輩によせるさまざまな思い——〈死者をこの世に呼びもどす〉ことにはげむ文のわざ。二〇〇〇円

天野さんの傘　山田　稔

生島遼一、伊吹武彦、天野忠、富士正晴、松尾尊兊、師と友、忘れ得ぬ人々、想い出の数々、ひとり残された私が、記憶の底を掘返している。二〇〇〇円

火用心　杉本秀太郎

〔ノア叢書15〕近くは佐藤春夫の『退屈読本』遠くは兼好法師の『徒然草』、ここに夜まわり『火用心』、文芸と日常の情理を尽くす随筆集。二〇〇〇円

ひきがえると月　山田　幸平

実存の闇の深さを確認するために舞台と観客席を取り外す。文化、文学の歴史的方位と構造を、稲妻のごとく縦横に照らし繋ぐ評論、随想。二二〇〇円

詩と小説の学校　辻井　喬他

大阪文学学校講演集=開校60年記念出版　小池昌代、谷川俊太郎、北川透、髙村薫、有栖川有栖、中沢けい、奈良美那、朝井まかて、姜尚中。二三〇〇円

小説の生まれる場所　河野多恵子他

大阪文学学校講演集=開校50年記念出版　黒井千次、小川国夫、金石範、小田実、三枝和子、津島佑子、玄月。それぞれの体験的文学の方法。二二〇〇円